COLLECTION FOLIO

Michel Cyprien

Le chocolat d'Apolline

Mercure de France

Michel Cyprien est journaliste. Il est l'auteur de plusieurs livres dont *La Carthaginoise*, un roman historique (1992).

À Carole Hugard
et Frédéric Strauss

« Des souvenirs à moitié enfouis ressortent... La plupart ne sont que brèves lueurs des synapses, que le cerveau éteint aussi vite. Quelques-uns se métamorphosent en fiction...

La mémoire ; ce lieu où les réminiscences viennent percuter l'histoire.

La mémoire ; cette fusion en symbiose d'ALORS ET MAINTENANT. »

JAMES ELLROY
Avant-propos
à *Dick Contino's Blues*

« Mes nuits ne sont pas bonnes. Connais-tu quelque remède contre les mauvais rêves ? »

HUGO
VON HOFMANNSTAHL
Elektra

« ... J'ai su bien des choses, et des choses si tristes à savoir, que le dégoût de ce monde m'a pris au cœur. »

HONORÉ DE BALZAC
Lettre à l'Étrangère

« Que tu es laide ma pauvre fille », ou simplement « ma pauvre fille ». Ces quelques mots, madame Desmoulins les prononce sans marquer l'ombre d'une ponctuation, sans même s'exclamer, d'une voix étale, monocorde, creuse comme une évidence. On ne décèle dans son intonation aucune agressivité, mais un sérieux consterné qui peut faire plus mal qu'une injure bien envoyée une fois pour toutes et que l'on encaisse, tel un uppercut qui imprime sa marque douloureuse.

« Ma pauvre fille », ce sont peut-être les mots les plus anciens, aussi anciens que son propre prénom, qu'Apolline tient en sa mémoire gravés telle une malédiction. Elle les a entendus tout au long de son enfance dans la bouche de sa mère, et aujourd'hui encore la vieille dame octogénaire ne peut s'empêcher de les lui lancer aux oreilles lorsqu'elle reçoit sa visite hebdomadaire, au cours d'un rituel résigné, presque fataliste, pas forcément triste mais qui maintient sans fin l'intime blessure dans une inapaisable béance. Qu'elle soit laide,

Apolline a tendance à le croire — tant elle a éprouvé au fil des ans puis des décennies que son visage et ses formes n'épousent pas les schémas convenus qui sont rangés dans les tiroirs de la beauté moderne — et elle l'aurait cru sans doute bien assez tôt sans que sa mère le lui apprît de si déplaisante façon et s'obstinât à le lui répéter, odieuse litanie dont on ne pourrait dire qui de l'une ou de l'autre en est, après tant d'années, le plus obsédée, le plus meurtrie. Sauf en de rarissimes occasions où elle s'est demandé si sa mère n'était pas pétrie de méchanceté, Apolline n'a jamais osé douter sérieusement qu'elle l'aimât comme on doit en principe aimer ses enfants ; à sa manière certes, mais qu'elle l'aimât. Elle est même presque prête parfois à lui donner raison, à se mettre à sa place : « Si elle souffre tant de mon apparence, son seul moyen de l'accepter n'est-il pas de s'en indigner à perpétuité, de la vivre dans la lumière impitoyable des mots plutôt que dans l'obscurité malfaisante des non-dits ou la cruauté perverse des sous-entendus ? »

C'est un jeudi pluvieux alterné d'éclaircies, frais le matin pour la saison mais presque lourd l'après-midi quand le soleil daigne percer, et c'est la rentrée des classes, l'un des jours de l'année qu'Apolline préfère parce qu'il rompt enfin la monotonie des vacances pendant lesquelles elle ne quitte plus Paris et son pavillon d'Ivry, depuis des lustres. Elle éprouve une réelle tendresse pour ses élèves et c'est toujours un plaisir renouvelé de découvrir ses nouvelles classes, quelques visages connus de redoublants formant un petit bloc soudé au milieu des autres, totalement inconnus ou reconnus pour les avoir croisés dans les couloirs, aux abords du lycée ou dans le bus. Elle a remarqué que depuis onze ans d'enseignement au lycée Paul-Valéry, elle a toujours fini le jeudi à quatre heures, ce qui lui permet d'être chez sa mère vingt minutes plus tard pour un traditionnel goûter hebdomadaire, prétexte pour s'obliger à une mutuelle discipline de relations régulières. « Le jeudi, c'est pour toi », affirment-elles chacune de son côté, ce qui n'empêche pas Apolline de rendre à sa mère d'autres visites, de temps à autre. C'est le plus souvent en semaine et, comme elle le fait le jeudi, elle remonte à pied vers la place Daumesnil où madame Desmoulins habite, tout près de la bouche de métro.

— J'ai déjà mon emploi du temps définitif, dit-elle d'une voix neutre. Mes quinze heures de cours sont groupées en trois jours et demi, du lundi après-midi au jeudi ; je vais avoir beaucoup de temps pour moi.

— Bonne occasion pour venir me voir plus souvent, ma pauvre fille, au lieu de t'ennuyer seule dans ton coin. Toutes ces semaines de vacances à tourner comme une mouche borgne d'un film ou d'un livre à l'autre, ça ne t'a pas suffi ? Tu pouvais bien venir t'installer ici, avec ta mère ! Si encore tu m'annonçais que tu as trouvé un mari, là je comprendrais...

— Je n'avais pas entendu cette chanson depuis longtemps, soupire Apolline. Tu es toujours aussi sûre de toi, maman, mais que connais-tu vraiment de ma vie ?

— Tiens, je t'ai acheté du chocolat pour fêter la rentrée, enchaîne madame Desmoulins d'un ton enjoué, comme si elle n'avait rien entendu. C'est celui que tu aimes, noir et amer, fondant à souhait, et pas bon marché, tu peux me croire. Ce n'est pas ça qui va te faire maigrir, mais autant t'accueillir avec quelque chose qui te plaise. De toute façon, ma pauvre fille, une tablette de plus ou de moins... Laide et difforme tu as toujours été, laide et difforme tu resteras jusqu'à ta mort. Enfin, il y a belle lurette que j'ai renoncé à te voir changer. Heureusement, je le reconnais, tu as des dents épatantes, merci à ta sainte patronne !

— J'ai eu un grand moment de bonheur aujourd'hui, reprend Apolline avec un sourire forcé.

Et elle explique comment à chaque rentrée de septembre, depuis au moins quatre ou cinq ans, elle entend des élèves lâcher avec enthousiasme : « On a Desmoulins, on a Desmoulins ! » Et une voix a même lancé : « Chouette, on a Apolline, elle va nous faire avaler les *Méditations métaphysiques* comme si c'étaient des truffes en chocolat ! »

— Tu vois, maman, cette réputation acquise auprès des élèves, cette attention chaleureuse que je sens quand je pénètre dans la salle de classe, c'est une joie intense que j'étais loin de soupçonner lorsque j'ai débuté. Je n'apprécie que mieux encore ce contact avec mes élèves quand j'observe comment sont traités certains de mes collègues. Alors je suis peut-être seule et difforme, comme tu dis, mais d'un autre côté, j'ai aussi beaucoup de chance. Il faut savoir goûter ce qui est bon et s'en réjouir, au lieu de se morfondre sans cesse sur ce qui semble pénible.

Madame Desmoulins hoche la tête comme un automate qui aurait été fabriqué pour exprimer la circonspection, tandis qu'elle pose sur la table de la cuisine un plateau avec une cafetière fumante, une seule tasse, une petite cuillère, un couteau, de la crème, du sucre en poudre roux, du pain de seigle aux raisins et aux noix, une tablette de chocolat ouverte mais pas entamée, du beurre salé, une serviette en coton blanc impeccablement repassée et brodée d'un grand D bleu. Il y a aussi de la marmelade de citron qu'elle achète dans un magasin de produits anglais lorsqu'elle sort « en ville », sur les Grands Boulevards qu'elle affectionne un peu par habitude car, dit-elle, « le quartier Haussmann-Opéra a perdu beaucoup de son charme d'autrefois », de cette époque où elle prenait allègrement la direction Balard dans les vieilles rames bruyantes du métro. Elle y empruntait la voiture centrale et rouge de la première classe aux sièges de cuir rembourrés, avec Apolline qui lui tenait sagement la main, grosse boule enfantine engoncée dans des vêtements trop longs tant il les fallait larges. Il y avait toujours des voyageurs pour fixer longuement la fillette, moins fascinés par le spectacle de son obésité qu'attirés par l'opulente chevelure de jais que sa mère lui coiffait à la Jane Russell. On donnait alors *Les hommes préfèrent les blondes* de Howard Hawks sur les écrans parisiens.

Madame Desmoulins se saisit du plateau et Apolline la suit dans le salon, dont le confort cossu est gâté par les bruits continus de la place Daumesnil, auxquels l'épaisseur encore estivale des arbres n'oppose qu'un écran inconséquent. Deux fauteuils Empire de velours vert regardent un canapé de même couleur, mais elles s'assoient sur un charmant confident Napoléon-III capitonné, recouvert d'un velours safran. Il est pris entre un bonheur-du-jour en acajou et un énorme coffre en bois des îles qui fait office de table basse et sur quoi est posé le plateau, à portée de main d'Apolline que le nom de ce siège insolite a longtemps intriguée lorsqu'elle était petite fille. Elle garde pour ce confident plusieurs fois retapissé par sa mère, toujours d'un tissu safran, un sentiment d'amitié comme s'il était de chair, tant il a accueilli sans jamais se plaindre ses lectures et ses méditations de jeunesse. Elle ne peut jamais s'y asseoir sans en caresser d'un geste machinal et sensuel l'un des pommeaux de bois ouvragé qui ornent de part et d'autre, à la main gauche de chacune des deux places, le S ventru du dossier.

— Regarde ce bon goûter, ma chérie. J'en fais des pas et des pas pour me ravitailler dans les bonnes maisons ! Mais sauf ces escapades sur les Grands Boulevards qui deviennent de plus en plus fatigantes...

— Maman, coupe Apolline, tu te portes encore comme un charme, personne ne te donnerait ton âge.

— Ma pauvre fille, tu ne tarderas pas à te rendre

compte que chaque année il faut prendre un peu plus sur soi pour continuer à faire figure. J'ai beau être restée mince et paraître fringante, mes quatre-vingt-un ans me pèsent et j'ai peine à demeurer droite... Mais il ne faut pas interrompre ta mère à tout bout de champ ! Je voulais te dire qu'à part ces escapades sur les Grands Boulevards, quand je vais flâner dans les grands magasins ou vers la place de l'Opéra et voir un film au Paramount, ta visite constitue ma seule joie. Alors mange, fais-moi plaisir, je suis heureuse de te voir manger.

— Qu'est-ce que tu as vu ces jours-ci ? demande Apolline en touillant une cuillerée de crème dans sa première tasse de café, avant de tartiner une généreuse tranche de pain avec de petits gestes nets et efficaces, dignes d'un horloger concentré sur l'exploration d'une mécanique de précision.

Madame Desmoulins aime le cinéma et a transmis cet amour à sa fille, mais alors que celle-ci a dès l'adolescence évolué vers un regard plus intellectuel, elle en est restée à l'admiration un peu innocente pour ce qu'elle appelle toujours « les vedettes », et quand par hasard elles vont encore ensemble voir un film, à la sortie elles n'ont jamais vu le même, tant leurs manières personnelles de juger divergent. Quand Apolline s'engoue d'une écriture scénarique originale ou du rôle de l'éclairage dans le traitement d'une situation, sa mère vogue encore sur les scènes fortes d'une histoire d'amour et se pâme en évoquant l'élégance de Cary Grant ou les yeux de Michèle Morgan. Par discipline, pour ne pas s'encroûter, madame Desmoulins s'oblige à au moins un film par semaine en salle, et il n'est pas rare qu'elle soit présente à la première séance d'une nouveauté le mercredi après-midi. La veille, rien ne l'a tentée vraiment et parce qu'elle a beaucoup aimé les westerns lorsqu'elle était plus jeune, elle s'est finalement décidée pour *Wyatt Earp* de Lawrence Kasdan sorti la semaine précédente, en se souvenant des dieux d'Hollywood qui avaient autrefois prêté leur visage et leur dégaine à ce personnage réel restitué de façon si contradictoire par Henry Fonda, Burt Lancaster ou James Stewart.

— Cet acteur moderne ne fait pas le poids ! affirme-t-elle comme si son opinion devait être décisive sur sa carrière. Ah non ! c'est un petit, tout petit bonhomme, un mollasson. Et puis, tu le sais, quand je bâille dans une salle de cinéma, ce n'est pas bon signe ! Or j'ai bien bâillé cinq fois...

— On s'en fiche de l'acteur, répond Apolline. Ce qui est insupportable, c'est plutôt cette image si contente de soi de l'Amérique, si hypocritement bien pensante !

— Parce que toi aussi tu as vu le film ?

— Oui, dimanche après-midi, mais je suis partie à la moitié. Une heure et demie de cette propagande sirupeuse, ça suffit !

Apolline se ressert du café nappé de crème en croquant un carré de chocolat et saisit sa quatrième tranche de pain beurré, qu'elle dévore sans faiblir, avec la même volupté qui gouvernait ses copieux goûters de petite fille. Elle est envahie de ce même sentiment étrange et ambigu, en même temps rassurant et contrariant, de redevenir enfant, d'être encore sous tutelle, chaque fois qu'elle pénètre dans ce bel appartement vieillot où elle a grandi avec son petit frère Antoine, de deux ans son cadet. Antoine ! sa mère et elle ne l'ont plus jamais revu depuis qu'à dix-sept ans il a pris son baluchon pour courir le monde, fuyant un cocon féminin oppressant au sein duquel il avait l'intuition de courir à sa perte. « Vous m'étouffez », criait-il à peine âgé de quatre ans, quand obstiné il refusait de suivre sa mère et sa sœur dans les grands magasins, au musée Grévin, au Jardin des Plantes ou au zoo de Vincennes tout proche. Insensible aux gifles qui pleuvaient, intenable et violent, il hurlait, cassait tout, et faisait une telle comédie que pendant les sorties, sa mère le confiait à la concierge qui elle, au contraire, ne s'en plaignait pas ; si sage qu'elle le trouvait, si beau et si amusant, si doué

(« Regardez un peu ces beaux dessins, madame Desmoulins, et voyez-moi ça, il a même recopié les gros titres du journal, à quatre ans, vous vous rendez compte... »),

si couvert de louanges qu'à peine franchi le seuil de la porte, il écopait encore d'une bonne gifle, ce dont il se moquait avec arrogance en fixant sa mère sans laisser échapper une seule larme de ses immenses yeux sombres.

Vers six heures, Apolline veut profiter de ce que la fin d'après-midi s'annonce belle et claire pour rentrer chez elle et se lève avec une vivacité que sa corpulence n'aurait pas laissé deviner. Elle est de ces grosses femmes pleines d'énergie qui semblent avoir besoin de leur surcharge de poids pour se sentir bien. Elle ne grimperait certes pas à la corde ni ne courrait un marathon, mais marcher longtemps et d'un bon pas est loin de l'effrayer. Avec son mètre soixante-dix et ses cent trente kilos, avec son visage décidé et sa chevelure ondoyante qu'à quarante-sept ans elle porte toujours longue

(par goût, mais peut-être aussi par provocation, comme pour affirmer un peu plus encore son éloignement de la norme physique en vigueur, ou peut-être encore parce qu'elle pense que c'est là son seul atout de charme),

avec son allure affirmée, elle en impose avant même de prononcer un mot ou d'ébaucher un geste. À chacun de ses mouvements, elle déplace tant d'air qu'elle donne l'illusion du passage d'un ouragan et déclenche, selon les circonstances, l'ébahissement ou le sourire, l'agacement ou la moquerie, la compassion ou l'agressivité. Jamais l'indifférence, cela est impossible.

— Tu pars déjà ? s'étonne madame Desmoulins. Il n'est que six heures, tu ne m'as presque rien raconté sur cette rentrée scolaire...

— La prochaine fois, maman. Il y a du soleil, il ne fait pas trop chaud, je vais marcher jusqu'à la Porte Dorée et attraper un PC.

— C'est dommage ! murmure la vieille dame avec malice.

— Tu sais bien que les premiers jours il y a toujours un peu plus de travail. En plus cette année je veux aborder mon cours différemment avec ma classe préparatoire et je ne suis jamais sûre d'être bien au point. La semaine prochaine, j'aurai plus de temps pour t'en parler.

— Tant pis ! mais je t'avais préparé une surprise..., dit-elle en insistant sur l'intonation maligne et mystérieuse qu'elle donne à sa voix grave et autoritaire.

Apolline a l'air de se douter vaguement de quelque chose d'agréable car elle s'abstient de prendre le cartable d'écolier en cuir râpé dont elle se sert depuis qu'elle est professeur. Elle regarde sa mère en se léchant les babines et se précipite vers elle pour l'embrasser.

— Non, maman, dis-moi que ça n'est pas vrai, dis-moi que je me trompe...

— Mais non, ma petite fille, tu ne te trompes pas, répond madame Desmoulins.

— Tu n'as pas préparé un dîner de chocolat !

— De quoi parles-tu ? Je n'entends pas ce que tu dis...

Les deux femmes semblent interpréter un dialogue de pièce de boulevard que les comédiens ont tellement jouée qu'ils ne savent plus eux-mêmes combien de fois ils en ont répété les répliques.

— Tu m'as bien dit que tu avais préparé un dîner de chocolat, petite maman !

— Chocolat ! Quelle drôle d'idée pour un dîner !

— Bon, alors attention, je vais fouiller...

Suit un long moment pendant lequel Apolline, sous l'œil amusé de sa mère, inspecte le réfrigérateur et ouvre tous les placards, mais elle feint de ne rien voir, reproduisant les règles de quelque jeu enfantin, un peu comme quand on joue à cache-cache et que l'on s'arrête devant la cachette d'un enfant en sachant pertinemment qu'on brûle, qu'il est là sous le lit ou derrière la porte et retient son souffle en espérant prolonger l'instant; l'on crie alors à la cantonade : « Mais où donc peut-il bien s'être caché ! », et cela fait partie du jeu, de la fiction, du passage éphémère dans un monde qui obéit aux règles de l'illusion.

Donc Apolline reste, et dîne d'un énorme plat de tagliatelles au chocolat noir que sa mère a confectionné devant elle sur la paillasse de la cuisine, tout en poursuivant la conversation.

— Je n'arrive pas à les faire aussi bien que toi, dit Apolline, assise à la table et la tête appuyée sur une main, comme en contemplation.

— C'est pourtant tellement facile, ma pauvre fille : 500 grammes de farine, 5 œufs, du sel, un peu d'eau, un peu de cannelle, 250 grammes de chocolat fondu, tu mélanges tout ça, tu laisses reposer une bonne heure, tu étales, tu découpes tes tagliatelles, tu les laisses sécher au moins une demi-heure, tu les plonges deux minutes dans l'eau bouillante et c'est prêt.

L'appartement s'assombrit soudain avec le retour d'une violente averse, pendant qu'elles discutent dans le salon sur fond de journal télévisé en attendant que les pâtes sèchent.

— Tu as bien fait de rester, s'il fait ce temps tout à l'heure, tu dormiras ici, note madame Desmoulins en couvrant la voix qui commente les détails récemment révélés sur la jeunesse pétainiste et sur une amitié douteuse du président de la République, et les remous plus ou moins ravalés que cela provoque.

— Il éclipsait presque la rentrée des classes en pleine salle des profs, dit Apolline, c'était consternant.

— Moi, je n'ai jamais voté pour cet homme-là, ricane madame Desmoulins. Mais toi, comment as-tu pu, avec tant d'autres, te laisser embobiner ?

— Maman, je me fiche bien de lui ! Pour moi, il n'a jamais existé, lui et beaucoup d'autres. Tout ça, ce sont des secrets de Polichinelle. Ses origines, son passage à Vichy avant d'être résistant, les lois d'exception sous la IVe République, ce n'était pas un mystère. Et nous, pour savoir qui il était, nous n'avions même pas attendu la tentative de récupération de Mai 68 par les partis, avec cette pantalonnade de putsch politicien au stade Charléty où il se pavanait comme un imperator le jour du triomphe.

— Tu as pourtant voté pour lui, ne va pas me dire le contraire !

— En 1981, c'est vrai, dit Apolline d'une voix lasse, il y a eu l'espoir imbécile qu'en changeant les hommes au pouvoir, on changerait la société. C'est pour cet espoir-là que j'ai voté, pas pour le bonhomme. Alors ne remue pas le fer dans la plaie, je t'en prie.

— Heureusement que ton père n'est plus de ce monde pour entendre ça !

— Mais maman, qu'est-ce que tu racontes! L'abjection est partout. Que penser de certains de ces résistants gaullistes, parmi lesquels il y eut certes quelques héros, qui se sont ensuite servis de leur rôle dans la Résistance comme d'un fonds de commerce pour devenir des potentats? Et ce n'est pas à ceux qui ont couvert la grâce de Touvier ou commandité les meurtres des services d'Action civique de juger le Président. Non maman, au-delà de la racaille sans scrupule qui appartient à tous les bords et, c'est bien banal, à toutes les époques, ce qui est profondément triste, c'est de constater à quel point on a menti aux générations d'après-guerre en simplifiant ce qui était par essence complexe. Il y avait pourtant des gens et des livres qui clamaient la vérité, mais c'était comme si elle glissait inexorablement, impuissante, sur le mensonge qui recouvrait la honte.

— Ma petite fille, si tous les Français furent loin d'être des résistants, sache que tous n'étaient pas pétainistes. Bien avant la guerre, ton père détestait Pétain qu'il accusait de défendre une idée périmée de la guerre et d'empêcher la modernisation de l'armée française. Les faits lui ont donné hélas raison... Tu comprends pourquoi dès le 18 Juin je n'ai jamais varié d'un iota et que je suis restée une gaulliste fervente.

Apolline n'insiste pas, elle ne veut pas se perdre dans une discussion qui serait l'affrontement de deux monologues incompatibles. Elle sait que sa mère est un bloc de certitudes inébranlables, de convictions aussi fermes que la foi religieuse, et elle a renoncé à lui inculquer les bases les plus élémentaires du raisonnement dialectique. Elles laissent le récepteur s'égosiller tout seul dans le salon et il leur suffit de repasser à la cuisine pour changer de sujet. Les tagliatelles accompagnées de vin blanc sec du Roussillon sont suivies d'un assortiment de gâteaux plus noirs les uns que les autres et arrosés d'un petit verre de vieux banyuls.

— Quand le banyuls est bon, ça vaut bien un porto, affirme madame Desmoulins, qui refuse pour le lendemain une invitation d'Apolline au Théâtre de la Ville.

Elle a deux places pour aller revoir *Petites Pièces montées*, un spectacle de danse de Philippe Decouflé qu'elle avait apprécié au mois de janvier.

— Je crois que ça t'aurait plu, c'est cocasse avec parfois une inspiration fellinienne, un sens de l'absurde à la Tati, c'est assez inventif avec des danseurs accrochés à un élastique à la façon de ces gens qui se jettent du haut des ponts... Et puis c'est court, donc supportable pour moi dans ce théâtre où j'ai les fesses dans un étau et des fourmis dans les jambes au bout d'un quart d'heure ! Enfin tant pis, tu viendras une autre fois...

— C'est ça, une autre fois... Ah mais tu t'en vas ? Tu ne vas pas descendre toute l'avenue Daumesnil à pied à cette heure-ci. Il fait nuit et il pleut. Et avec tous ces voyous qui écument les boulevards extérieurs, tu ferais mieux de dormir ici.

— Merci maman, j'ai trop de travail à la maison demain. Merci pour le dîner. Je rentre.

— Comme tu voudras, mais fais-moi le plaisir

de prendre un taxi. Quelle idée d'avoir choisi d'habiter cette banlieue sans attrait ! Attends, tiens...

Pendant qu'elle l'embrasse sur les deux joues, madame Desmoulins glisse un billet de cent francs dans la main potelée de sa fille, qui l'accepte comme le symbole un peu humiliant de l'indissoluble lien de domination maternelle qu'elle subit depuis l'enfance. L'appartement est au premier étage et elle emprunte le large escalier au tapis central usé, s'arrête un instant devant l'ancienne loge de la concierge. Elle s'attarde, comme sacrifiant à un rite, devant les boîtes aux lettres. Sur la liste des habitants de l'immeuble ne reste d'autrefois, au quatrième étage, que le docteur Denis, un grand gaillard de soixante-quinze ans exclusivement habillé de vêtements anglais de style sport, passionné d'échecs et de haute montagne, ce qui lui a valu les départs successifs de trois épouses excédées. Bien qu'il ait pris sa retraite depuis plus de dix ans, il continue en bon médecin de famille à soigner quelques vieux patients du quartier au nombre desquels figure madame Desmoulins.

Quelqu'un descend d'un taxi juste en face, à l'un des nombreux feux rouges qui bornent la place et Apolline, revenant à la réalité présente, sort en trombe de l'immeuble, lève la tête vers le premier étage, vers la fenêtre de la salle à manger, pour envoyer un petit baiser à sa mère dont le visage, le long du rideau, est éclairé par l'enseigne de la brasserie du rez-de-chaussée et ne quittera son poste d'observation que lorsque la voiture aura disparu. Celle-ci empeste une senteur artificielle et bon marché de patchouli, assortie au son feutré d'une musique synthétique et poisseuse de Barry White. Le chauffeur a tapissé le dessus de la boîte à gants d'un portrait du chanteur savamment entouré de filles en maillot de bain, découpées dans des magazines et sur lesquelles il est impossible que l'œil des passagers ne tombe point à un quelconque moment de la course.

Boulevard Masséna, tandis que l'essuie-glace semble effacer les gouttes de pluie avant même qu'elles effleurent le pare-brise, Apolline s'aperçoit à la faveur du passage sous un lampadaire que le regard du chauffeur mate son visage dans le rétroviseur avec une ostentation qui se veut charmeuse. Elle frissonne au souvenir d'un épisode qu'elle a vécu autrefois lors d'un séjour à Istanbul. Son regard y avait croisé celui du chauffeur et elle l'avait maintenu un peu par jeu, ignorant qu'en terre de tradition musulmane, une femme devait détourner ou baisser les yeux pour que l'homme ne crût point à une invitation à l'amour. Elle avait alors été promenée pendant plus d'une heure vers des destinations inconnues et le chauffeur turc, arguant de sa bonne foi, s'était escrimé à la convaincre, en mélangeant toutes les bribes de langues étrangères qu'il connaissait, de passer avec lui un bon moment. Elle n'avait dû qu'à sa présence d'esprit de lui mimer qu'il risquait la prison pour qu'il la ramenât et la lâchât en maugréant au centre de la ville. Aussi ce soir met-elle avec précipitation une main sur son visage, et cela fait rire l'homme, dont les lumières de la Porte d'Ivry éclairent la grande bouche aux dents impeccablement blanches et alignées autour d'un petit bout de langue qu'elle juge obscène. Le taxi quitte le boulevard extérieur, franchit le périphérique et s'enfonce dans Ivry jusqu'à la petite rue où Apolline a acheté une douzaine d'années plus tôt un pavillon bordé d'un étroit jardinet, si bien exposé qu'à la belle saison les rayons du soleil ne lui échappent qu'aux heures extrêmes de l'aube et du crépuscule, quand les maisons alentour, malgré leur peu de hauteur, s'interposent. Par prudence, elle fait arrêter la voiture à l'angle de sa rue, puis elle tend le billet de cent francs de sa mère sans attendre la monnaie.

— Merci et bonne soirée, monsieur, murmure-t-elle sans un regard et en se débattant en vain, nerveuse, avec le système d'ouverture de la portière.

— Tu t'en vas comme ça, salope ? lance l'homme sans brutalité et avec une drôle de lenteur dans la voix

(ce qui la fait sursauter, autant que le mot injurieux qu'il profère, et la paralyse, lui ôtant tous ses moyens pour se concentrer sur le loquet de la portière).

— Tu me laisses tomber, tu me laisses finir ma soirée tout seul, comme un pauvre type, t'as pas honte d'être égoïste comme ça ?

— Taisez-vous, laissez-moi...

— Allez, fais pas ta sainte-nitouche. À ton âge, j'espère quand même que t'en as vu d'autres...

Elle continue de se débattre avec la portière, n'a pas l'idée de tourner la manivelle pour baisser la vitre et appeler au secours. Il est vrai que la rue n'est pas très passante — l'heure, la nuit, la pluie — mais peut-être ses cris pourraient-ils faire ouvrir les volets déjà fermés des pavillons voisins, qui semblent des tombeaux. Encore faut-il être capable de crier !

— Tu devrais te dire que t'as du bol qu'un beau mec comme moi ait envie de te peloter et de bourrer ton gros cul, continue-t-il sans se démonter.

Apolline sent la main de l'homme remonter sous

sa large jupe à plis, le long de son collant, et elle se crispe dans une sorte d'absence immobile, soudain revisitée par des images d'hommes qui l'injurient sans qu'elle ait rien fait pour mériter de telles horreurs. Comme dans ce compartiment de train, l'année de son agrégation, alors qu'elle rentrait d'une semaine de repos en Auvergne, en dehors du grand flot des vacances. Elle était seule en face d'un quadragénaire plutôt distingué, bien mis, costume cravate, style bon père de famille. Il ne paraissait même pas s'intéresser à elle mais avait posé brusquement à côté de lui l'hebdomadaire qu'il lisait et avait commencé de l'insulter après qu'elle venait de sortir de son sac un Rocher en chocolat et que, l'ayant à moitié dégagé de son enveloppe de papier doré, avec précaution pour ne pas se salir les doigts, elle en avait laissé fondre dans la bouche le premier morceau. Elle l'entend encore comme si c'était hier : « À la manière dont tu t'empiffres, tu dois être une sacrée suceuse. » Il pointait un index raide sur sa braguette renflée, tout juste comme le chauffeur de taxi qui maintenant se déboutonne et s'exalte en espérant soumettre Apolline à son désir.

— Viens ma biche, tu es tout ce qui m'excite, viens, tu verras, on va se faire plaisir, dit l'homme avec une douceur qui trahit une faim d'amour sincère, « peut-être une misère affective pitoyable » se met-elle à penser.

Mais la main qui farfouille sous le bourrelet de son ventre pour essayer d'atteindre l'entrejambe opère comme un déclic et elle la saisit avec une force inouïe puis la repousse, parvient à ouvrir enfin la portière et se dégage, se propulse à l'extérieur du véhicule avec une sauvagerie qui laisse pantois son agresseur, se redresse en rejetant sa chevelure en arrière dans un mouvement si violent qu'on ne remarque plus la disgrâce de son visage soufflé ni l'ampleur de ses formes. En cet instant de muette furie, son corps exhale la beauté farouche et la puissance dévastatrice de quelque Walkyrie égarée dans une rue de banlieue. Après que le taxi a démarré sur les chapeaux de roues et disparu en quelques secondes, Apolline s'étonne que cet accès de rage ne retombe pas aussitôt en accablement. Elle sait que d'ordinaire, elle serait gagnée par une vague d'hébétude qui la laisserait hagarde sur le trottoir, la conscience pétrifiée et glacée par l'idée insoutenable du viol. Il lui reste en revanche la sensation de son corps brûlant et envahi de pulsions qu'elle ne cherche pas à enfouir dans la honte, et elle marche vers sa maison les jambes tendues et écartées comme si elle emportait avec elle, nichée dans la moiteur de son entrecuisse, la main baladeuse et experte du chauffeur. Elle ne se sent pas coupable de cette impression et pense en riant toute seule que sa démarche doit la faire ressembler « à une grosse dinde cahotant dans une cour de ferme ». En même temps, elle savoure la victoire de n'avoir pas subi ce qu'elle n'a pas elle-même décidé et elle serre les poings, étreignant la poignée de son cartable. Pendant qu'elle ouvre puis referme le portail métallique de son petit jardin puis la porte de son pavillon, elle songe soudain à son vieux copain Jean-Baptiste qui prétend avoir recommencé à vivre, après un deuil mal encaissé, en voyant coup sur coup, pendant l'hiver 83-84, *L'Œil du tigre* et *Rambo*, deux films dont l'acteur Sylvester Stallone était le héros. Jean-Baptiste se complaisait à répéter que la volonté hargneuse du pauvre boxeur Rocky Balboa, malmené, au bord du gouffre puis vainqueur, et la réaction solitaire du malheureux John Rambo, ancien du Viêt Nam rejeté par la société, muré dans sa déprime puis crachant dans la violence à la face du monde son existence, l'avaient plus secouru pour sortir de son désert intérieur que famille, amis et médecins réunis. « Ce doit être cette psychologie primaire, basique donc universelle, qui m'est allée droit au cœur et m'a tiré de mon engourdissement ! expliquait-il. C'est peut-être dérisoire mais c'est comme ça ! »

D'autres mots de Jean-Baptiste lui reviennent, sans réelle originalité mais combatifs, résolus, qui disent qu'un rien parfois suffit pour que la vie prenne une autre couleur, un autre sens. Un événement sans importance, un mot anodin perçu n'importe où, une photo banale ou une phrase terne dans un journal, un film de série B peuvent un beau jour déclencher un cataclysme qui bouleverse l'existence. On était sous la botte de la fatalité et voilà qu'on domine l'absurdité du monde. On était à la merci du jugement des imbéciles et voilà qu'on décide d'éloigner les gêneurs. On s'embourbait dans les nostalgies qui rendent le passé collant et voilà qu'on n'hésite plus à rompre les chaînes pour se libérer et regarder le futur. La vie s'était vidée de son contenu et de son sens, et voilà qu'elle se gorge de projets en tous sens.

Tandis qu'avec un soin maniaque elle tire derrière la porte la lourde tenture en velours rouge qui indique d'emblée une chaleur feutrée et un confort douillet, Apolline ne refuse pas de croire que ce genre de miracle soit possible, mais elle reste sceptique et surtout elle s'applique en vain à dénicher dans son passé récent le fameux déclic qui enclenche ce changement. Non, elle ne comprend pas et accroche son imperméable au portemanteau de l'entrée, range ses chaussures et ferme un instant les yeux au contact souple du sol entièrement couvert de tapis turcs, persans ou maghrébins qu'elle a fait directement envoyer à Ivry au cours de ses voyages de jeunesse ou simplement achetés à Paris dans les grands magasins au moment des soldes. Puis elle parcourt toute la maison pour fermer les volets des huit fenêtres, avec méthode, selon un ordre devenu intangible à force d'être répété chaque jour, comme le sont d'ailleurs la plupart de ses activités professionnelles ou de loisir, toujours minutées avec rigueur, programmées de manière à ne jamais se laisser surprendre par l'imprévu d'un vide. Adolescente studieuse, elle a très vite donné à son cahier de textes des allures d'agenda où tout l'emploi du temps des journées à venir était noté avec précision, heure par heure, du petit déjeuner au coucher. Elle octroyait alors à ses repas, à ses soins corporels ou à ses loisirs une durée et un moment déterminés, au même titre qu'à ses dissertations ou ses leçons.

Dès qu'est close la dernière fenêtre, celle de sa chambre donnant sur la rue, elle se déshabille sans hâte, dispose ses vêtements sur un valet de nuit qui lui vient de ses grands-parents. Quand elle est nue de la tête aux pieds, elle descend à la cuisine où l'attend, parce que le carrelage est froid, une paire de babouches qu'elle enfile d'un mouvement automatique avant d'ouvrir une tablette de chocolat noir amer dont elle déguste les carrés en absorbant à petites gorgées un verre d'eau du Mont-Roucous qu'elle fait livrer en cartons de douze par un magasin de produits biologiques. Chez elle, elle aime ainsi vivre nue, ne rien supporter d'autre sur sa peau laiteuse et lisse que l'atmosphère de sa maison. «Je ne dois pas être la seule à me balader à poil une fois rentrée», se dit-elle parfois, non pour chercher à se rassurer sur une quelconque anomalie de comportement, mais comme une simple constatation que l'on fait à soi-même, ou plutôt à ce double mystérieux avec lequel on dialogue dans la solitude. Il lui arrive aussi, lorsqu'elle se dévêt, d'imaginer, dans leurs actions intimes de mammifères civilisés, des gens

(le proviseur en érection devant son épouse, le Premier ministre nu devant son lavabo, le pape qui fait ses ablutions et se décalotte le sexe)

que leur rôle et leur fonction — l'apparence qu'ils se donnent aussi — réduisent à leur image sociale et placent aux antipodes de la moindre suggestion de sensualité et de désir. Elle passe ensuite dans le séjour dont le mur le plus long — plus de six mètres — est tapissé de livres et de vidéocassettes. Il y en a en plus grand nombre encore dans la chambre-bureau de l'étage, la pièce qu'elle préfère parce qu'elle y prépare ses cours, corrige les copies, a en face du lit l'immense récepteur de télévision avec magnétoscope. Elle ne regarde que des films sur cassettes, la télévision ne lui est utile que pour cela, et elle en possède plus d'un millier qui sont répertoriées, classées, comme le sont ses milliers de livres. Apolline sait exactement ce qu'elle possède et où cela est rangé. Elle tient même un cahier où elle note tout ce qu'elle prête, la date et le nom de l'emprunteur. La lecture, elle l'aime depuis toute petite, elle l'a découverte pendant les vacances chez ses grands-parents maternels en Auvergne et cette passion ne l'a jamais désertée. Ce soir — serait-ce une autre manifestation du mystérieux déclic ? — elle se surprend à admettre brusquement qu'un ordinateur

(elle n'en a jamais voulu jusqu'ici, elle fait figure auprès de ses collègues ou de ses élèves d'un dinosaure qui se braque par principe, par idéologie même, contre ce qui paraît suspect d'asservir les hommes à la machine)

l'aiderait à garder à jour le registre de tant de livres, de tant de films. Elle pense à tout le travail que lui ont donné ces classements, à toutes ces heures passées à composer des listes alphabétiques d'auteurs, d'acteurs, de metteurs en scène, de titres. Demain, c'est décidé, elle va s'acheter un de ces Macintosh que l'on voit partout et sur lesquels les enseignants ont souvent des réductions. Elle rêve qu'elle écrit directement sur le clavier ses cours qui peu à peu noircissent l'écran, qu'elle peut d'une seule manœuvre faire apparaître la liste d'élèves d'une classe avec l'évolution de leurs notes, mais il faut quand même respecter l'emploi du temps de la soirée et elle se contente de noircir du papier, affalée sur son grand lit carré où elle s'est calée entre deux énormes coussins. «Je dois ressembler à la vache vautrée sur le plumard des bourgeois dans *L'Âge d'or*», soupire-t-elle quelquefois avant de partir d'un rire sonore et presque convulsif, «il ne manque que les cornes et la clochette autour du cou». Cela fait partie des images qui reviennent pour peupler le quotidien, comme reviennent aussi, par périodes, des rêves, des cauchemars qui demeurent tapis, se font oublier pour mieux resurgir sans crier gare.

Elle a l'habitude de donner une dissertation dès la première heure de cours, un sujet qui réclame plus de connaissances générales et de facultés de réflexion qu'un réel savoir philosophique. «En philosophie, dit-elle, point n'est besoin d'avoir ingurgité trois mois de cours pour commencer à penser.» Aussi veut-elle que pendant le premier trimestre de classe terminale, les élèves rendent des dissertations très longues dans lesquelles ils s'expriment tels qu'ils sont. Elle exige qu'ils se laissent aller, qu'ils ne se censurent pas, qu'ils se libèrent. Elle interviendra au fil des semaines pour les aider à se rendre compte de ce qu'il faut garder dans le fatras des premiers devoirs. Il sera toujours temps de procéder à l'élagage de la pensée pendant les deux autres trimestres. À sa terminale scientifique, elle a envie cette année de proposer en hors-d'œuvre un texte du sociologue Georges Friedmann extrait de son *Où va le travail humain?* « Le développement du "technicisme" dans les sociétés contemporaines, recopie-t-elle, même dans celles du type de l'URSS, est un danger et, si l'on excepte l'autodestruction par les armes atomiques ou biologiques, le plus grave qui menace l'humanité du XXe siècle. » Elle demandera aux élèves de s'interroger sur l'actualité de ce texte écrit en 1950, de juger s'il était prophétique ou s'il est devenu caduc. Elle se concentre encore une heure, prend des notes. Rien ne la distrait jusqu'à ce qu'elle estime avoir fini son travail de la soirée. Puis elle dîne en écoutant de la musique. Elle a une prédilection pour l'art lyrique, la musique religieuse et les chansons d'Amérique latine. Elle mange beaucoup, elle aime manger

(ce soir, les restes d'un abondant ragoût préparé la veille par Omar, son ami marocain qui lui rend visite de temps en temps)

et accompagne son repas d'un verre ou deux de saint-émilion. Elle prend enfin une douche rapide, sèche et lisse ses cheveux dont la douceur parcourt sa peau jusqu'au creux de ses reins, se glisse sous la fine couette de son lit et, selon son humeur, elle lit, regarde un film, ou éteint aussitôt la lumière. Elle s'endort toujours une main noyée dans sa chevelure et l'autre enfouie dans les chairs molles et tièdes de son ventre.

Dès les premiers jours de septembre, Apolline attend avec quelque angoisse un cauchemar qui la poursuit depuis l'enfance et qui revient chaque année en période de rentrée scolaire. Jusqu'à présent, le rêve ne s'est jamais manifesté au-delà de la deuxième semaine, mais cette année les jours passent, avec leurs nuits et leurs petits matins, et rien, pas la moindre effluve de ces images si souvent vues. Le radio-réveil sonne et Apolline se lève sereine, reposée, d'attaque pour la journée. En feuilletant son précédent cahier de textes-agenda où elle a noté quelques événements, elle constate que l'an dernier l'épreuve s'est produite au douzième jour de classe. Elle s'était éveillée une heure avant la mise en route du radio-réveil, les yeux pleins de la scène qu'elle venait de revivre dans son sommeil et qui l'avait transportée dans une salle du lycée. Le lieu était inédit, car d'habitude, elle était immergée dans la rue, un magasin, un train, le métro, un restaurant, ou à la poste. Elle devait marcher au milieu des gens et ceux-ci semblaient ne pas la voir, ou plutôt ne pas s'apercevoir de sa nudité. Dans ce rêve, elle n'avait jamais le temps de s'habiller et elle enfilait à la hâte un simple chemisier, tellement ridicule qu'il dégageait totalement ses deux énormes seins et découvrait entièrement ses fesses, ses cuisses et son ventre, dont les bourrelets ne parvenaient pas à pendre assez pour cacher sa sombre toison pubienne, contrairement à la réalité. Ce matin-là, elle avait fait face à une classe littéraire dont elle avait reconnu les élèves devant lesquels, trois heures plus tard, elle allait continuer son cours sur la mémoire et le temps

(à partir d'un célèbre texte où Bergson explique comment le champ du présent, qui comprend toujours plus que l'instant mathématique et abstrait d'un présent absolu et éphémère, représente en fait « un certain intervalle de durée » capable de s'étendre aussi loin que notre attention globale veut porter son regard, ce qui amène à constater que « notre présent tombe dans le passé quand nous cessons de lui attribuer un intérêt actuel »).

Elle s'était alors levée dans le noir et s'était dirigée au radar vers la salle de bains qu'elle avait éclairée pour boire un verre d'eau et croquer un carré de chocolat individuellement emballé. Elle en avait ainsi des stocks dans son armoire à pharmacie, là où d'autres placent leurs tubes de tranquillisants et de somnifères, autant pour leur rassurante présence que pour compenser, le cas échéant, une réelle et concrète angoisse. En se recouchant jusqu'à la mise en route du réveil branché pour sept heures précises, elle s'était souvenue — c'était noté aussi sur l'agenda — d'un autre rêve qui la visitait de temps en temps et qui l'enveloppait non pas d'une simple impression de malaise, mais d'une véritable terreur et d'une douleur impossible à comparer à quoi que ce fût de connu : là encore elle était nue, cette fois devant le bac de l'évier

(de l'eau coulait, coulait, formant dans l'entrée du siphon une spirale bruyante et hypnotisante qui l'attirait, l'attirait...),

et voilà qu'elle entrait dans l'évier et devait suivre de gré ou de force le cours infernal de ce filet d'eau, puis commencer à introduire un orteil, un pied, l'autre pied, et la masse de son corps qui devait obéir à l'appel impérieux de ce petit trou de souris inextensible dans lequel seule une insoutenable souffrance permettait de se faufiler, ...

... mais elle se réveillait en sursaut dès que ses chevilles étaient enserrées dans l'étroit goulot, autant en raison de la douleur que de la panique qui s'emparait de tout son être à l'idée de disparaître tout entière dans la tuyauterie et les égouts. Quand elle était petite, puis adolescente, Apolline avait plusieurs fois raconté le deuxième rêve à sa mère, en omettant le détail de la nudité, car elle pensait que cela serait inutilement choquant. Madame Desmoulins se contentait de hocher la tête ou de maugréer quelque chose comme : « Ma pauvre fille, il s'en passe de drôles de choses dans ta cervelle », mais cela n'allait pas plus loin, comme si elle voulait éviter une conversation qui ne lui eût pas fait plaisir du tout. Une année pourtant, Apolline

(elle allait avoir vingt ans et venait d'entrer en troisième année de licence à la Sorbonne)

raconta à nouveau son rêve en insistant plus que les autres fois, en donnant plus de détails car elle entendait proposer des interprétations, mais sa mère qui d'ordinaire s'arrangeait pour éviter les conflits avec elle

(« la vie est plus simple en glissant... », se plaisait-elle à dire)

avait réagi avec un agacement non dissimulé.

— C'est absurde, ma pauvre fille. C'est au moins la dixième fois que tu fais ce rêve idiot, ou du moins que tu me le racontes. Mais je crois que tout idiot qu'il soit, il signifie que tu ne vas pas bien du tout. C'est très désagréable et très malsain cette histoire, et pas très réjouissant pour ta santé mentale...

— Mais maman, avait-elle répondu ébahie, comment peux-tu penser une chose pareille ? Si je te raconte mes rêves, c'est plus pour bavarder avec toi que pour entendre ce genre de commentaires. Je suis en troisième année de fac et j'ai un peu pratiqué la psycho, figure-toi ! Alors j'ai quand même une opinion, et ça m'amusait d'en discuter avec toi sans avoir à supporter tes réflexions blessantes.

— Tais-toi un peu, veux-tu ? Je suis ta mère. Et ce trou d'évier qui revient depuis dix ou douze ans, moi je m'en inquiète. J'attendais que tu me parles de son retour annuel pour te dire que je n'ai pas chômé et que l'an dernier, j'en ai parlé au docteur Denis.

— Au docteur Denis ? s'était étranglée Apolline, réellement offusquée. Tu as osé trahir ma confiance en répétant mes confidences à ce toubib ?

— Ne sois pas vulgaire. Le docteur Denis t'a toujours bien soignée depuis ta naissance et j'ai beaucoup d'estime pour lui. Après la disparition prématurée de votre pauvre père, il a su m'encourager et me conseiller pour vous élever, Antoine et toi.

— La réussite n'est pas probante, mais là n'est pas la question.

— En tout cas il m'a approuvée quand je lui ai suggéré que tu consultes peut-être un psychanalyste. « C'est une très bonne idée, a-t-il dit aussitôt, cette pauvre Apolline doit être si mal dans sa peau que ça ne peut que lui faire du bien et l'aider. »

— Tu es ignoble, maman ! De quoi me suis-je jamais plainte ? Oui, c'est bien une trahison. Tu es odieuse d'avoir livré mes secrets. Et au docteur Denis en plus ! D'ailleurs, je n'arrive pas à croire qu'il ait pu approuver cette idée de psychanalyse.

— Tu entends comment tu parles à ta mère, tu entends les adjectifs que tu emploies pour me qualifier ? Ta mère est ignoble, odieuse, quoi encore ? Tu vois bien, ma pauvre fille, ça ne va pas du tout dans ta pauvre cervelle.

Et puis cela avait dégénéré en une inévitable escalade verbale. Les mots méchants et perfides fusaient des deux côtés, Apolline hurlait, les traits convulsés et méconnaissables, arrogante et grossière, se comportant comme si elle voulait donner raison à sa mère qui s'étouffait d'indignation en s'adressant à tout ce qui l'entourait, aux chaises, à la table et aux rideaux qu'elle prenait à témoin de son bon droit.

— Regardez-la, est-ce qu'elle n'est pas en pleine crise de folie ? Je savais bien que ça n'allait pas, mais jamais elle ne m'a insultée comme ça. Elle a toujours été calme et polie. Ah, si ton pauvre père voyait ça et entendait toutes ces horreurs...

— À la manière dont tu répugnais à nous parler de lui quand nous étions enfants, je me demande si tu as jamais aimé papa, avait alors rétorqué Apolline en se calmant d'un seul coup, mais d'un ton dur qui épouvanta et paralysa un moment sa mère. Si Antoine n'avait pas quitté la maison l'année dernière, à cause de toi, il me soutiendrait. Là-dessus il était d'accord avec moi. Tu me rabâches assez, et depuis longtemps, que je suis obèse et laide, comme si je ne le savais pas. Maintenant tu vas me faire croire que je suis folle ! Trop gentille, je suis. Trop naïve. Je me suis voilé la face à ton sujet, je n'ai pas voulu voir combien tu es noire, négative, méchante, égoïste. Quelle drôle de mère, qui humilie sa propre fille parce qu'elle est énorme et qui continue à la goinfrer comme une truie ! Demande au docteur Denis si ce n'est pas aussi grave que de rêver d'un passage en force dans le trou de l'évier.

À cet instant, Apolline avait craqué, les mains

protégeant ses oreilles comme pour tenter de ne plus s'écouter parler et s'était effondrée sur une chaise en pleurant, le front appuyé sur la table de la cuisine, la tête ensevelie sous sa chevelure qui se répandait tout autour telle une nappe soyeuse. Madame Desmoulins, d'abord muette de stupeur, avait la première repris le contrôle de ses nerfs, avait saisi les épaules de sa fille d'un geste pacifique, puis s'était penchée vers elle en murmurant :

— Ne nous mettons pas dans des états pareils. J'admets que j'ai eu une mauvaise idée avec cette psychanalyse. Et puis j'avoue que je t'ai menti par colère. En réalité, le docteur Denis m'avait vivement déconseillé cette solution. Tu vois, tu l'avais deviné !

Apolline avait daigné bouger un peu la tête, puis la relever en secouant ses cheveux et montrer ses yeux boursouflés et rougis, soulagée par les paroles de sa mère mais bien résolue désormais à ne plus s'abandonner avec elle à des confidences propices aux conflits. Madame Desmoulins s'était ensuite empressée de préparer un bon chocolat chaud à l'ancienne

(« pas une de ces épouvantables poudres qui n'ont du cacao que la couleur et l'arôme artificiel », exagérait-elle chaque fois qu'elle s'adonnait à cet exercice),

elle faisait fondre le chocolat à cuire à feu doux dans du lait, à l'intérieur d'une vieille casserole en fonte réservée à cet usage, et remuait avec une cuillère en bois l'onctueuse boisson qu'elle servait comme un élixir

(« c’est notre ambroisie », disait Apolline depuis l’âge de douze ans, après avoir lu *L’Iliade*) versé au fond d’un creuset d’alchimiste, dans deux grandes tasses en porcelaine qu’elle retirait d’un élégant argentier finement marqueté de bois de citronnier, acheté avant guerre, peu après son mariage avec Albert Desmoulins, chez un de ces petits artisans ébénistes du faubourg Saint-Antoine dont la corporation ne se doutait pas qu’elle allait, en quelques décennies, irrémédiablement sombrer au profit des revendeurs de meubles de série fabriqués industriellement.

— Voilà du vrai chocolat ! s’exclamait-elle en se rengorgeant. Pas de la mélasse. Il n’y a plus que les Espagnols pour résister à toutes les saletés qu’on voudrait nous obliger à avaler, et on m’a dit que les bonnes maisons de Madrid où l’on sert le chocolat traditionnel restent à la portée de toutes les bourses. Ce n’est pas aussi cher et aussi snobinard qu’à Paris. « Le chocolat pour tous », voilà un slogan qui ferait mouche !

Apolline s’était amadouée, honteuse de sa révolte, consternée de ses débordements, repentante, car elle avait même renoncé à répondre, en remarque aux réflexions de sa mère sur les bonnes maisons espagnoles, qu’il était dommage que la pérennité de certaines traditions gustatives allât de pair avec le maintien d’un vieux général fasciste à la tête de l’Espagne. Elle avait préféré ravaler au fond de soi tout ce qui aurait pu contrarier sa mère et sourire, demander pardon, dire merci pour le chocolat.

Vingt-sept ans plus tard, Apolline a toujours en mémoire cette scène, qui appartient à l'assortiment de souvenirs dont il est impossible de se débarrasser en les jetant dans les poubelles de l'oubli. Un souvenir aussi ancien, que les années ont permis de digérer, de rendre neutre et transparent, peut-il devenir un jour ce déclic qu'elle est agacée de ne pas identifier ? Car elle continue à ne plus être la même, à se sentir différente depuis l'épisode du taxi, sans comprendre l'origine de ce phénomène. Elle ne considère plus sa maison avec le même regard

(cette maison en meulière d'aspect banal qu'elle a achetée au moment de son affectation au lycée Paul-Valéry, un de ces pavillons de banlieue devant lesquels on passe sans rien remarquer, comme s'ils n'existaient pas),

avec le même engouement. Elle est soudain fatiguée d'accumuler tant de vêtements, tant d'objets, tant de livres, tant de films, tant de tapis... « Ah non, je ne me sépare pas de mes tapis ! » gronde-t-elle. Elle imagine des murs blancs et nus, des pièces dégagées dans lesquelles rien n'a plus sa place que le strict nécessaire. Une bibliothèque essentielle, une vidéothèque choisie avec rigueur. Elle se met même en tête de vendre la maison et d'acheter un appartement clair et spacieux, comportant un séjour très grand, en haut d'un immeuble moderne. Puis elle se traite d'idiote, parcourt des yeux tout ce qui emplit sa chambre, avec malgré tout une curieuse sensation de nostalgie, comme si se profilait vraiment dans son esprit la perspective d'abandonner toutes ces choses, et ce décor. Pour se rassurer, elle finit par penser que ce n'est qu'une toquade, mais elle se dit aussi que l'idée a germé et qu'elle existe peut-être depuis longtemps, cachée et silencieuse, prête à bondir au moment opportun, ...

... qu'elle vient de quelque part, qu'elle ne s'est pas fabriquée toute seule, qu'il y a des raisons impossibles à discerner comme ça, tout un travail invisible du raisonnement qui en a amené l'émergence. On lui aurait demandé une minute plus tôt si elle se plaisait dans sa maison pleine comme une caverne d'Ali Baba ou la boutique d'un bouquiniste, elle aurait répondu qu'elle n'envisageait pas de vivre ailleurs et autrement. Maintenant, le doute s'est installé. Elle ne sait plus. Elle attend.

Le matin, lorsque les actualités de la radio la réveillent

(elle a l'impression d'entendre toujours la même rengaine et elle s'étonne parfois que rien ne l'étonne vraiment, elle prend cela pour de l'indifférence, et selon les jours, elle éprouve un sentiment de culpabilité ou au contraire elle refuse en bloc de prendre sa part de responsabilité à la bêtise humaine),

Apolline reste encore quelques minutes au lit dans la tiédeur de la couette. Ce n'est pas pour paresser, car elle s'astreint d'abord à bien étirer ses membres comme une grosse chatte, avec lenteur et souplesse, puis elle s'étend sur le dos dans une position parfaitement plate, replie ses jambes en rapprochant les pieds à mi-chemin de ses fesses et s'active à enfoncer dix fois de suite dans le matelas sa zone lombaire, petit exercice facile qu'elle répète depuis plus de vingt ans et grâce à quoi elle prévient les douleurs dorsales dont tant de gens se plaignent autour d'elle, alors que pourtant ils ne font rien de particulier pour fatiguer leur dos. Son souffle en revanche la gêne un peu. Elle possède une énergie terrible, mais elle est comme un sprinteur, un lanceur de poids ou un haltérophile. Elle jette dans un laps de temps très bref toutes ses forces et ne supporte pas que l'effort aille au-delà, sinon elle s'épuise très vite, oppressée, asphyxiée. Elle n'a jamais eu de troubles thyroïdiens, fréquents dans les cas d'obésité extrême, et elle n'a un peu de diabète que depuis quelques années, ce qu'elle contrôle régulièrement. Cela ne l'inquiète guère. Elle connaît bien son corps et ses réactions, et elle veille simplement à se mouvoir avec calme, à mener une vie ordonnée, avec un emploi du temps rigoureux. Les efforts lents et prolongés lui réussissent, comme la marche et la natation dont les effets cardio-pulmonaires et musculaires sont bénéfiques pour l'état général de sa santé. D'ailleurs, elle n'a pas pour le corps médical une sympathie débordante. Trop de médecins sont obsédés par son poids et plus enclins à l'humilier qu'à la soigner. Quand elle souffre d'une grippe ou d'une angine comme n'importe qui, le médecin ne lui parle que de son obésité, comme si la graisse était responsable du virus. Elle n'a certes pas toujours été aussi grosse. Quand elle a passé l'agrégation, elle pesait à peine cent kilos et sa haute taille parvenait encore à avaler ses formes, ce qui sans doute lui a évité d'être pénalisée pour incorporer l'Éducation nationale, qui sait montrer périodiquement son racisme anti-gros. Il lui arrivait alors de rêver qu'elle maigrissait un peu et que cela la faisait ressembler à Anita Ekberg dans *La dolce vita*, avec ses rondeurs pulpeuses et puissantes jaillissant de part et d'autre d'une taille néanmoins très fine. Elle a eu un choc quand beaucoup plus tard elle a revu Anita dans *Intervista*, elle a pleuré d'émotion en découvrant que la star qui symbolisait le sexe et le plaisir s'était d'une certaine manière rapprochée d'elle en accumulant les kilos, mais sans que le mythe de son aura érotique en soit affecté. Elle visionne souvent ces deux films sur son magnétoscope, surtout depuis la mort de Fellini qui est son cinéaste favori et dont elle possède les œuvres complètes. Elle l'a découvert, comme beaucoup de gens de sa génération, à la sortie de *Huit et demi*, et elle n'a eu ensuite de cesse que d'attendre les films suivants tout en guettant le passage des précédents et de se précipiter dans la salle où on les projetait. L'année dernière, le matin du 2 novembre, les passants de sa rue et les usagers du bus qu'elle prend à la Porte d'Ivry, puis les hordes d'élèves qui s'engouffrent dans la cour d'honneur du lycée ont interrompu leurs conversations ou ont été soudain tirés de leur monde intérieur pour river leurs regards sur Apolline, non pas tant en raison de sa corpulence

(beaucoup de gens certes la dévisagent dans la rue ou dans les transports, comme fascinés, incapables de détourner leurs yeux, mais au lycée seuls ceux qui ne sont pas ses élèves continuent à la fixer avec curiosité quand elle déambule dans les couloirs)

que parce qu'elle était entièrement vêtue de noir

comme une mamma italienne en deuil, vêtements sobres, voile noir sur ses cheveux réunis en chignon et le visage à demi caché. Ce jour-là, elle n'avait pas transité par la salle des professeurs et était allée tout droit vers la sienne, dans l'aile gauche du long parallélépipède où sont concentrées les classes terminales et préparatoires.

— Vous savez que Fellini vient de mourir, avait-elle dit d'une voix sépulcrale après avoir attendu que tous les élèves se fussent assis. Sachez que c'est un événement très grave pour moi, que je reçois comme un deuil personnel, et je vous demande de respecter ma peine même si vous ne la partagez pas. Il y a parfois des gens — je parle ici des contemporains bien vivants et mortels, pas des classiques du passé rendus immortels par la pérennité de leurs œuvres — qui sont des personnages publics célèbres, écrivains, artistes, et qui ne vous connaissent évidemment pas, mais avec lesquels vous entretenez un dialogue secret. Vous leur parlez, vous les interrogez dans le silence de votre solitude, vous êtes à l'affût de leur prochain livre, de leur prochain film, du moindre entretien dans un journal, du moindre article qui leur est consacré, du moindre mot que l'on rapporte, et bien qu'ils ne vous entendent pas, ils vous répondent grâce à ce livre, ce film, cette opinion dont la presse se fait l'écho. Cela crée un lien qui parfois vous aide à supporter l'existence, un lien qui peut revêtir les apparences de la complicité amoureuse, passionnelle, avec ses enthousiasmes et ses désillusions, car votre interlocuteur lointain a le pouvoir de vous transporter de bonheur autant que de vous blesser par un mot, un trait, une image livrés à la foule anonyme et nombreuse mais que vous croyez à vous seul destinés. Il peut vous faire terriblement souffrir, aussi, simplement parce qu'il peut mourir.

La classe entière avait écouté dans un silence religieux, comme des fidèles à un sermon, le monologue inattendu de son professeur dont les quelques malintentionnés cessent de se moquer

(c'est chaque année le même scénario)

avant même la fin du premier cours de septembre, tant Apolline a l'art de capter l'attention de son auditoire, de le subjuguer par son ton presque théâtral

(elle interprète, elle vit les phrases qu'elle prononce *ex cathedra* comme une actrice seule en scène)

et un sens de la pédagogie qu'elle tient beaucoup plus d'elle-même, de son propre instinct et de son talent, que de l'enseignement misérable qu'on lui a prodigué en la matière. Elle a certes suivi pendant ses études en Sorbonne les cours de professeurs prestigieux, mais ceux-ci ne préparent en aucune façon leurs étudiants à affronter des élèves du secondaire et à leur transmettre un savoir élémentaire. « En France, plaisante-t-elle quand la conversation s'y prête, la pédagogie ne participe pas de la formation des professeurs mais de la seule sanction administrative. Personne ne vous apprend vraiment à conduire une classe, mais vous avez des tas de gens qui sont payés pour vous inspecter et sanctionner vos manquements, comme le contrôleur dans l'autobus. »

Quelques élèves s'étaient attardés après la fin de l'heure, qui voulaient revenir avec elle sur la mort de Fellini.

— Que pensez-vous de la manière dont la télévision et les journaux ont traité sa disparition ? avait demandé l'un d'eux.

— Je ne sais pas, avait répondu Apolline, et en vérité cela ne m'intéresse absolument pas. L'image de Fellini ne m'importe qu'à travers ses films ou ses propos, sans qu'il y ait besoin d'un intermédiaire scribouillard ou, pire encore, qui exhibe ses fausses dents blanches et débite son faux discours à la télé. Allez voir ses films, c'est là que se trouve la seule et unique matière du débat autour de lui. Cela vaut d'ailleurs pour tous les auteurs, pour tous les artistes. Ne parlez que de ce que vous avez vous-mêmes lu ou vu ; les commentaires, même les plus avisés, ne sont qu'une réflexion de seconde main, déjà projetée dans une autre subjectivité que la vôtre. Plongez-vous dans l'original et faites-vous votre propre idée, cherchez, réfléchissez, posez-vous des questions. Ce n'est qu'après cela que vous pourrez vous confronter avec les commentateurs, si vous en éprouvez le besoin.

Ils avaient paru un peu déçus.

— Vous aviez treize ou quatorze ans quand son dernier film, *La voce della luna*, est sorti dans les salles de cinéma, avait poursuivi Apolline. On ne peut donc pas vous reprocher de ne pas connaître l'œuvre de Fellini. Quand j'étais dans ce même lycée en terminale, ou peut-être déjà à la Sorbonne, à la sortie de *Huit et demi*, nous étions tout un groupe à nous être précipités dans une salle du Quartier latin. Est-ce l'effet de l'âge ? mais je pense que le cinéma de cette époque était encore franchement ancré dans un mouvement de l'art convaincu d'aller de l'avant. Le divorce que l'on constate aujourd'hui entre l'image et la réflexion sur l'image ne s'était pas encore produit, on s'enflammait pour l'art en train de se faire sans se replier sur le culte du déjà fait, sans noyer sa nostalgie dans la sarabande des commémorations et des rétrospectives. On n'allait pas à la Cinémathèque comme on va au cimetière, mais, comme nous prenions la vie du Septième Art en route, pour récupérer les chaînons qui nous manquaient afin de le mieux comprendre, le mieux apprécier encore dans son devenir en marche.

— Si notre époque commémore tant le passé, madame, n'est-ce pas parce qu'elle est insatisfaite du présent ?

— Ce n'est pas moi qui le dis, c'est vous. Et vous n'avez que dix-sept ans !

Ce mardi 2 novembre qui suivait la mort de Fellini, Apolline était rentrée fatiguée, sans ressort. Non qu'elle fût mécontente de sa journée et de ses conversations avec ses élèves ou avec quelques collègues proches, étonnés par sa tenue vestimentaire et qui avaient cru d'abord que madame Desmoulins était morte. Le soir, elle n'avait pas mangé et sans même prendre une douche, elle s'était affalée sur son lit, éteinte, avant d'avoir l'idée de se repasser tous les films de Fellini dans l'ordre chronologique, à raison de deux par jour. Elle était ainsi parvenue dès la fin de la semaine à *Satyricon*, celui qu'elle préférait pour l'avoir vu au cinéma plus de dix fois, sans compter ses petites projections domestiques, et elle avait arrêté un moment le film sur l'image de Maria de Sisti, la monumentale matrone qui trône dans une des chambres du bordel, dans ce décor hallucinant que le cinéaste avait dévolu aux dieux infernaux. Le lendemain de la mort de Fellini, un quotidien montrait une grande photo de cette créature hors du commun, et bien qu'elle ne soit pas de bonne qualité, Apolline l'a encadrée dans un sous-verre qu'elle a suspendu au-dessus de son bureau à côté d'un portrait d'Anita. Parfois cette photo lui rappelle une folie qu'elle avait commise douze ou treize ans plus tôt, au début du premier septennat, quand elle habitait encore son petit studio de la rue Michel-Chasles, en face de la gare de Lyon. Elle était si seule et se sentait si malheureuse qu'elle avait envoyé une petite annonce, avec réponse en poste restante

(le bureau de poste était à deux pas de chez elle), à un hebdomadaire homosexuel que lui avait montré un collègue du lycée de Montgeron, où elle enseignait alors : « Matrone fellinienne, 34 ans, maternante, experte en caresses manuelles et buccales, cherche tendresse et affection auprès de J. H. sensible et cultivé, aimant Fellini. » Elle avait reçu une cinquantaine de lettres, la plupart délirantes et obscènes qu'elle avait d'office éliminées tellement elle y sentait un parfum très déplaisant de misogynie, de malveillance ou de curiosité malsaine. Mais trois d'entre elles lui avaient semblé sincères et mériter que fût franchi le second pas, celui de la réponse et du rendez-vous.

Deux garçons étaient parisiens, le troisième vivait à Lyon où elle n'hésita pas à se rendre aussitôt, parce que c'était lui qui, au téléphone, avait proposé la rencontre la plus immédiate, le soir même, un samedi. Apolline avait préparé en hâte un petit sac de voyage, avait traversé en trombe le boulevard Diderot et avait sauté dans un train pour Lyon. La rencontre avait été affreuse et déprimante, ce qui l'avait décidée à rentrer par le premier train du dimanche matin après une nuit blanche dont le souvenir l'exaspère tant que, chaque fois qu'il refait surface, elle se lève comme une furie et descend à la cuisine préparer un chocolat chaud qu'elle déguste avec des tartines. Elle avait en revanche sympathisé tout de suite avec Jean-Baptiste, l'un des deux Parisiens

(elle n'avait de ce fait pas jugé utile de rencontrer l'autre),

qui était de Marseille et étudiait aux Beaux-Arts, un joli garçon un peu timide qui souffrait d'une peine de cœur et se sentait en sécurité quand il s'immergeait dans les chairs enveloppantes de cette incarnation de la mère universelle qu'il voyait en elle. Leur relation avait duré quelques mois, puis s'était espacée lorsque Jean-Baptiste s'était remis de son chagrin, avant de se dissoudre puis de resurgir de temps à autre. Il est aujourd'hui son meilleur ami, même s'ils ne se voient plus très souvent ; il est l'homme des mutuelles confidences, celui qui peut dormir près d'elle et partager une nuit de chaste tendresse. Mais c'est tout. Car Apolline a beau ne jamais s'ennuyer entre ses amis et sa gourmandise, ses livres et ses films, sa mère, ses élèves et l'assouvissement sporadique

(Omar n'a « pas eu le temps de venir » depuis la rentrée scolaire)

de ses pulsions, rien de tout cela ne compense les frustrations que son cœur endure.

L'automne cette année est assez doux. Bien que son habitude de naviguer nue dans sa maison l'oblige à mettre le chauffage en route plus tôt que la majorité des gens, Apolline constate qu'à la mi-octobre elle n'a besoin d'allumer la chaudière à gaz que quelques heures pour maintenir la température de 22° qui lui convient. Il est vrai qu'elle n'est pas frileuse, et lorsqu'elle est immobile devant son bureau et qu'affleure sur sa peau la moindre sensation de fraîcheur, elle se lève, descend à la cuisine, s'active quelques minutes et la chaleur la gagne de nouveau. Il lui suffit de bouger pour être bien, et elle préfère la saison froide car l'été, dès qu'elle marche dans la rue ou prend l'autobus, elle subit rapidement les désagréments d'une abondante transpiration. Des bouffées irrépressibles l'envahissent même parfois et, si elle osait, elle enlèverait toute cette lingerie insupportable qui colle comme la tunique trempée dans le sang empoisonné du Centaure. D'ailleurs, depuis ses lectures adolescentes, elle appelle pompeusement la chaleur Déjanire.

Souvent les matins où elle ne se rend pas au lycée, la sonnerie du téléphone retentit à neuf heures précises ; Apolline sait que c'est sa mère qui s'ennuie et sollicite un peu de conversation, ou plutôt de bavardage. Elle appelle rarement le soir, car sa fille est parvenue à la convaincre qu'elle avait autre chose à faire à ce moment-là de la journée. Madame Desmoulins adore commenter les actualités qu'elle écoute avec application de sept heures à neuf heures, sans se lasser, avec une espèce de jouissance à s'entendre assener quatre ou cinq fois les mêmes nouvelles et le même bulletin météo, pour le simple plaisir de dire ensuite à Apolline : « Ils ne savent pas ce qu'ils racontent. Pendant deux heures ils prévoient l'arrivée de timides perturbations pour le début de l'après-midi, alors qu'il suffit de regarder par la fenêtre pour vérifier qu'il pleut déjà des cordes depuis l'aube. » En ce vendredi d'octobre, madame Desmoulins n'est pas très inspirée par le manque d'hospitalité du gouvernement français à l'égard d'une écrivaine bangladaise, athée et menacée de mort par les fanatiques de la foi. Mais elle demeure intriguée et prolixe à propos de l'immolation collective de cinquante membres d'une secte, un sujet qui agace Apolline et la pousse à abréger courtoisement la communication.

— Je crois que le facteur vient de passer et j'attends une lettre importante, ment-elle à moitié. Je te rappellerai demain ou dimanche.

Elle ne ment qu'à moitié en effet, car non seulement c'était bien l'heure du facteur, mais il y a dans ce courrier très ordinaire

(pas de relevé bancaire aujourd'hui ni de facture, mais un nouveau bulletin de participation à l'un de ces innombrables «grands tirages» qui encombrent sa boîte aux lettres, et qu'elle destine invariablement à ce qu'elle appelle — souvenir d'un de ses folkloriques professeurs de lettres — «le classement vertical», tout droit à la corbeille à papiers)

une lettre inattendue de Josyane Bunier, une de ses anciennes condisciples du lycée et de la Sorbonne, coriace rivale lors du concours d'agrégation où elles ont toutes les deux tenu la dragée haute à «ceux de la rue d'Ulm», une jolie fille à la peau mate et coiffée très court, une infatigable militante communiste avec laquelle elle a entretenu une amitié orageuse de plusieurs années. Apolline est restée sans nouvelles d'elle depuis le retour d'un voyage en Turquie

(«l'année d'*Amarcord*», soupire-t-elle)

où elles s'étaient quittées fâchées à la station de taxis de l'aéroport d'Orly. Elle ne l'a certes pas oubliée, mais elle croyait que, les ans succédant aux ans et cet épisode s'éloignant dans le passé, elle était définitivement débarrassée de Josyane. Celle-ci a pourtant retrouvé sa trace, et s'épanche avec lyrisme sur les bons moments qu'elles ont vécus ensemble à l'occasion de tous ces périples sac au dos qu'elles se sont offerts durant quelques étés : les pays de l'Est grâce à l'association France-

Tchécoslovaquie, mais aussi la Suède, l'Angleterre, la Tunisie et, la dernière fois donc, la Turquie, pays qui a tellement enchanté Apolline qu'elle y est retournée seule pour le revoir, délivrée de la mauvaise humeur de son amie, mais secouée par l'épisode du chauffeur de taxi. La lettre est très longue, et Josyane explique qu'elle a suivi la voie universitaire, qu'elle est maintenant chargée de cours à la faculté de Lyon

(Apolline sourit sur l'ironie du destin, qui semble prendre du plaisir à se jouer d'elle en lui imposant de penser à cette ville où sa visite treize ans plus tôt reste un souvenir pénible)

et organise au printemps prochain un séminaire pour réfléchir sur ce qu'est devenu le concept marxiste d'aliénation en cette fin de siècle où, écrit-elle, « l'argent envahit tant toutes les sphères de l'activité humaine qu'il étouffe ou anéantit tous les systèmes de pensée qui refusent de se plier à la loi du profit ; que par son pouvoir d'uniformisation il paupérise les multiples visages de la création intellectuelle ; qu'enfin il récupère ou manipule toutes les entreprises altruistes et désintéressées. Tu vois, ma vieille grosse pomme chérie, il en est des hommes comme il en est des pommes, fruits délicieux dont il existait autrefois dans les jardins de nombreuses variétés, alors que ne subsistent aujourd'hui dans tous les supermarchés du monde que quelques-unes, quasi industrielles, calibrées et sans goût ».

Cette invitation ne déplaît finalement pas à Apolline, qui se surprend à nourrir quelque curiosité à reprendre contact avec Josyane, tout en s'avouant que le sujet de réflexion qu'elle propose, même s'il véhicule les vieux démons de la nostalgie pour un passé bercé d'utopisme, l'excite beaucoup, ...

... tant il est vrai, pense-t-elle en s'échappant un instant du texte de la lettre, que les gens sont bien plus aliénés et robotisés aujourd'hui qu'ils ne l'étaient en 1968 quand les étudiants, eux-mêmes dépassés par l'ampleur de ce qu'ils avaient provoqué, les incitaient à casser leurs récepteurs de télévision et à les rejoindre pour manifester. « J'espère, conclut la lettre, que mon projet emportera ton adhésion, ma grosse pomme ! Mais au fait, peut-être n'es-tu plus ma vieille grosse pomme, mon Apolline, peut-être es-tu devenue une vieille pomme ridée et toute maigrillotte ! Je t'embrasse sur ton affreux gros bec. Ta Josyane qui n'a rien oublié. » Apolline pousse un profond soupir en lisant ces derniers mots. Ses oreilles sont imprégnées, comme si elle était là à lui parler, de la voix de Josyane, une voix de camionneur tellement pleine d'un mélange d'assurance et de vulgarité qu'on se demande toujours si on ne rêve pas et par quel miracle elle a pu faire carrière dans l'enseignement. Qu'elle parle philosophie ou qu'elle débite des grossièretés, Josyane est aussi entièrement affirmative, péremptoire, autoritaire, sûre d'elle, dénuée de toute élégance. C'est le beauf de Cabu, mais cultivé, communiste et au féminin, et Apolline en a suffisamment pâti pour craindre de retomber dans un engrenage infernal.

Elle consulte cependant son agenda. Josyane a prévu une réunion des différents participants le second samedi de novembre afin de discuter des sujets d'intervention et de les distribuer. Apolline ne réfléchit pas longtemps pour décider qu'elle ira à Lyon. Si les retrouvailles ne sont pas trop tendues, elle pourrait ne rentrer que le dimanche. Mais elle s'impose quand même un délai — cinq ou six jours — avant de s'engager, autant pour bien mûrir sa décision que pour laisser languir Josyane, à qui elle a toujours reproché de mener les gens à la baguette, d'exiger des autres une immédiate disponibilité sous peine d'encourir ses foudres. Apolline a visé juste, car elle reçoit en effet deux autres lettres en trois jours pendant la semaine qui suit. Les reproches sont aigre-doux dans la première : « Comment, ma grosse pomme, peux-tu tarder autant à me communiquer ton accord enthousiaste ? Je t'ai indiqué mon numéro de téléphone (moi je n'ai pas le tien, on m'a renseigné que tu étais sur liste rouge, sinon tu aurais eu le plaisir de m'entendre), ce n'est pas difficile de m'appeler pour m'embrasser de vive voix et confirmer ta venue. » La deuxième lettre fait beaucoup rire Apolline

(« tiens, je ris, il y a quelques semaines, j'aurais tremblé, frissonné de peur, de honte, de je ne sais quoi... »),

car elle retrouve la tyrannique Josyane dans ses œuvres et dans tout l'éclat de sa finesse légendaire : « même vingt ans après, tu restes une grosse emmerdeuse, comme si ce n'était pas facile de décrocher le téléphone et de me dire oui tout de suite, toi petite prof obscure de bahut sans prestige gentiment invitée à te joindre à un aréopage de penseurs qui ont tous publié des livres et des travaux universitaires brillants ! Les efforts qu'on peut déployer pour te tirer de ta crasse solitude, tu t'en fous ! Si j'étais méchante, je t'éliminerais d'office de mon séminaire. Mais je ne suis pas une salope, moi, qui ne pense qu'à niquer les copines, et je te laisse encore une chance de m'appeler à réception de cette lettre » ...

... ce qui lui confirme que Josyane n'a pas changé et s'imagine détenir des droits sur elle. Ce ne sont pas des souvenirs agréables pour Apolline qui s'installe pourtant sur son lit en fouillant dans une vieille boîte remplie de photos qu'elle s'était juré de ne plus regarder jamais. Plusieurs les montrent toutes les deux, main dans la main, comme deux amoureuses qu'elles étaient. Josyane, dans son rejet idéologique du mâle omnipotent, pratiquait, sans s'en vanter auprès des camarades du Parti, les amours saphiques et elle avait jeté son dévolu sur Apolline dont l'intelligence la troublait, profitant de la claustration affective et de la vulnérabilité de sa condisciple pour la séduire, l'attirer à elle, la happer, l'envelopper dans ses filets de domination et de protection, la soumettre enfin à une sensualité débridée, entreprise qu'elle avait réussi à conduire pendant près de sept ans mais dont elle n'avait pas compris la précarité. Maintes fois, mais il est vrai avec timidité et presque une certaine honte, Apolline ne s'était pas privée de lui signifier sa répugnance, non pas de la sexualité en soi, mais de la passivité à quoi l'astreignait Josyane qui lui interdisait toute initiative. « Tu te comportes dans la sensualité comme dans tout le reste, en potentat », se plaignait Apolline qui s'exécutait quand même, ce à quoi Josyane répondait, à la limite de paraître offensée, qu'elle était bien mal récompensée de toute la peine qu'elle se donnait pour faire plaisir.

Apolline souffrait de vivre cette relation comme une agression au lieu de s'y abandonner simplement, et elle s'en sentait coupable. Elle s'en voulait de ne pas changer alors qu'elle connaissait l'origine de ce comportement rétif. « Ce n'est pas comme si j'étais inhibée par un traumatisme inconnu qu'il faut découvrir », pensait-elle. Était-ce alors parce qu'elle gardait pour elle ce secret ? Fallait-il qu'elle le partageât avec quelqu'un pour en évacuer le poids ? Mais elle ne s'était jamais résolue à parler à quiconque de cette fin d'après-midi de vacances de Pâques où au retour du cinéma

(elle avait treize ans et madame Desmoulins l'avait emmenée voir *Le Capitaine Fracasse* avec Jean Marais, Bourvil et Geneviève Grad)

elle avait rendez-vous au quatrième étage de l'immeuble de la place Daumesnil pour un banal rappel de vaccination qui n'obligeait pas sa mère à l'accompagner. Apolline avait cru en toute innocence que le docteur Denis accomplissait son devoir de médecin en lui ordonnant de se déshabiller, et elle n'avait ressenti que de l'étonnement quand il avait entrepris, tout en poussant de sonores et profonds soupirs, de palper ses seins qu'elle avait déjà bien formés pour son jeune âge. Sa deuxième femme ayant obtenu le divorce deux mois plus tôt, le bon docteur vivait dans la solitude et c'est avec effroi qu'Apolline l'avait vu défaire nerveusement sa ceinture, baisser son beau pantalon de tweed et son caleçon, pour découvrir une chose énorme qui n'avait rien de commun avec le petit robinet d'Antoine qu'elle connaissait bien pour avoir souvent partagé la baignoire pendant la toilette complète du samedi soir à laquelle madame Desmoulins présidait. Le docteur avait saisi de part et d'autre des oreilles, comme des poignées, les longs et épais cheveux de l'adolescente qui se tenait assise en face de lui, épouvantée et comme pétrifiée. Puis il avait avancé vers sa bouche son sexe dur, hideusement violacé, et Apolline avait cru que cet affreux moment n'allait jamais finir, jusqu'à cet écœurant aboutissement où elle avait failli vomir, tandis qu'il se cabrait sur la pointe des pieds en émettant de faibles gémissements qui semblaient l'expression d'une souffrance. Il s'était ensuite très vite éloigné d'elle et avait en un tournemain récupéré sa mise impeccable, à tel point qu'en le voyant si calme et souriant derrière son bureau Empire, elle était restée d'abord assommée, comme au sortir d'une chute violente ou d'un cauchemar. Ce n'était qu'en prenant conscience de ce goût étrange qui persistait dans sa bouche qu'elle avait acquis la certitude de n'avoir pas rêvé et qu'elle s'était levée comme une furie.

— Vous êtes dégoûtant, c'est répugnant ce que vous venez de faire ! Dès que maman le saura, elle téléphonera au commissariat et vous serez jugé, vous irez en prison avec les criminels et j'espère même qu'on vous coupera la tête ! avait-elle lancé en se campant devant le bureau.

— Ma pauvre petite enfant ! avait répondu le docteur sans paraître troublé et même avec un ton de commisération affectée. Si la très digne madame Desmoulins voyait en ce moment sa fille de treize ans s'exhiber ainsi toute nue et se trémousser comme une forcenée devant un homme de quarante, elle la ferait dare-dare enfermer ! Allons ma petite fille, regarde-toi, là à droite dans la grande glace

(Apolline avait instinctivement tourné la tête et aperçu un instant l'embonpoint qui, bien que sa silhouette fût très loin encore de ce qu'elle deviendrait à l'âge adulte, lui valait tant de railleries et de persécutions au lycée, où elle se vengeait en mettant un point d'honneur à écraser les autres dans la plupart des matières) ;

ne vois-tu pas que tu es ridicule ? Et entre ta parole de gamine et la mienne, veux-tu parier laquelle a le plus de chances d'être entendue ? On dira que tu es une perverse, une petite vicieuse qui invente des histoires pour se rendre intéressante et nuire à un homme de bonne réputation. Va donc ! rhabille-toi et disparais, tu es assez futée pour savoir qu'il ne sert à rien de divulguer notre petit secret. Personne ne te croirait.

— Il n'empêche que c'est dégoûtant, avait répété Apolline en balbutiant, vaincue par l'aplomb du docteur.

Les larmes lui étaient montées peu à peu pendant que le docteur avait parlé et qu'elle se rhabillait avec maladresse.

— Ne pleure donc pas comme ça, avait-il alors dit d'un ton paternel en se levant, puis en se rapprochant avec douceur pour l'aider à passer son chandail et à nouer ses lacets. Rends-toi compte que non seulement tu es la meilleure élève de ta classe, mais que tu sais en secret des choses de la vie que tes camarades ne soupçonnent même pas ! À peine les plus dégourdies osent-elles imaginer ce que toi tu as déjà vu et ressenti !

Il avait sorti de sa poche un mouchoir blanc immaculé et brodé à ses initiales, l'avait délicatement déplié et lui avait essuyé les yeux. Puis il lui avait tendu une boîte pleine de chocolats.

— Emporte-la. Et si ta mère te questionne sur tes yeux rougis et les chocolats, tu diras que tu as bougé pendant la piqûre et que je t'ai fait un peu mal. Et que je t'ai fait ce petit cadeau pour te consoler et me faire pardonner. Je te fais confiance...

Trente-quatre ans n'ont pas effacé cette scène qui reste plus qu'un souvenir. C'est une plaie à jamais à nu, une cicatrice intérieure toujours à vif que rien ne semble pouvoir apaiser, la première confidence dont elle a gratifié l'ordinateur qu'elle vient d'acheter et dans lequel, sans réfléchir, son premier soin a été d'ouvrir un dossier « Passé ». Elle y introduit le récit haché d'événements qui lui reviennent, sans souci de chronologie, avec l'espoir qu'un jour, peut-être, les lignes noires que lui renvoie l'écran s'éclaireront d'une réponse.

Apolline éprouve une excitation bizarre ce samedi matin-là, qu'elle met au compte autant de ses retrouvailles avec Josyane dans quelques heures que de l'air acre de la gare qui se rappelle à son odorat. Elle n'a pas emprunté de train de grandes lignes depuis son voyage printanier à Lyon, treize ans plus tôt. Elle n'est encore jamais montée dans le TGV, qu'elle a seulement vu à quai au cours de l'automne de cette année-là, où il a été mis en circulation sur la ligne Paris-Lyon. Elle était encore en poste à Montgeron

(après Fontainebleau, cette deuxième affectation la rapprochait de Paris)

et prenait régulièrement son train de grande banlieue. Pour elle, le TGV est d'abord une image, celle des convois futuristes qui font des gares actuelles, en dépit des travaux toujours inachevés qui les défigurent, d'étranges décors vieillots, incongrus, inadaptés, des lieux d'un autre âge dans lesquels ces trains en forme de long vaisseau spatial paraissent des objets de science-fiction, anachroniques. Du voyage en TVG, elle n'a une idée précise que par les témoignages de gens qu'elle connaît, par des articles de journaux ou par le cinéma ; elle en a une connaissance en partie procuratoire, comme si les autres lui avaient fait délégation de leur expérience. Mais à peine s'est-elle hissée dans sa voiture de première classe

(depuis que vers l'âge de vingt-cinq ans elle a en peu de temps atteint et dépassé les cent dix kilos, Apolline ne voyage plus en seconde classe, sa corpulence est en conflit insoluble avec le manque d'espace offert au voyageur trop gros, ou même trop grand)

que tout ce qu'on lui a dit se révèle assez juste et lui donne l'illusion d'être en terrain familier. Elle est dans le sens de la marche, ne se rend compte de la vitesse qu'en regardant parfois à travers la longue et étroite baie vitrée, ce qui lui procure la sensation d'être lancée à travers un espace qui n'est plus tout à fait la surface du sol, et où des arbres se confondent avec des maisons, où vallons et collines forment la pellicule d'un film en accéléré dans lequel l'œil ne choisit ou ne capte que des instantanés évanouis avant même que d'être fixés.

Elle parcourt rapidement le journal

(il y a longtemps qu'elle ne lit plus des pages politiques et économiques que les titres et les chapeaux, et qu'elle ne s'attarde que sur le courrier des lecteurs, les articles qui tentent des analyses transévénementielles, et quelques pages culturelles ou enquêtes de société) en laissant fondre dans sa bouche, à intervalles réguliers, les carrés d'une tablette de chocolat, puis elle n'a guère le temps de pousser au-delà des premières pages d'un livre qui traite de l'antique ville de Lyon, la brillante et prospère capitale des Trois Gaules, la Lugdunum gallo-romaine, car lorsqu'elle en commence la lecture, elle vient sans s'en apercevoir de somnoler une bonne heure et l'on annonce déjà l'arrivée du train en gare de Lyon-Part-Dieu. Elle n'a pour bagage qu'un petit sac de voyage dans lequel elle a rangé un autre sac pliable en matière légère et très fine pour le cas où elle ferait quelques emplettes imprévues. Elle descend la dernière de sa voiture où elle est restée assise en attendant que tous les autres voyageurs soient passés, et lorsqu'elle pose le pied sur le quai, elle est accueillie par une température plus douce encore qu'à Paris, et par une voix stridente qui la fait frissonner.

— Je suis là, grosse pomme, amène ta viande que je te bécote ! hurle Josyane en levant les bras au ciel. Mais tu as doublé de volume en vingt ans !

Apolline s'approche en soupirant et doute soudain de l'opportunité de ce voyage. Elle est parcourue par la désagréable sensation de revivre un mauvais film en voyant que son ancienne amie attire sur elles des regards ironiques ou consternés.

— Bonjour ma chérie, poursuit-elle sans prendre garde aux gens qui les observent, j'espère que tu as fait bon voyage. Lyon en deux heures, tu n'imaginais pas ça ! c'est quasiment le RER !

— Tu n'as pas vraiment changé, toi ! répond

Apolline d'un ton assez froid. D'être toujours aussi zinzin, ça a l'air de te réussir. Figure-toi que je n'avais pas pris le train, à part les lignes de banlieue quand j'étais encore en poste à Montgeron, depuis plus de treize ans. À la gare de Lyon j'étais un peu perdue, mais j'ai trouvé des cheminots sympathiques qui m'ont gentiment renseignée.

— Tu en as de la chance, ricane Josyane. Ce sont sans doute les mêmes qui il y a à peine un an traitaient les usagers comme de la racaille avec l'application névrotique de leur projet SOCRATE, avant qu'on s'insurge enfin contre leurs méthodes de flics. Ils n'ont pas bu la ciguë, hélas! mais ils ont mis un peu d'eau dans leur vin après les consignes d'apaisement qu'ils ont reçues. Comme quoi, ma vieille pomme, selon que le règlement prône la conciliation ou la répression, voilà que le même individu se transforme sans état d'âme en être sociable ou en roquet arrogant, en interlocuteur aimable ou en bourreau buté, en démocrate respectueux de ses semblables ou en graine de fasciste.

— Ma pauvre Josyane, tu en es encore à ce genre de constatations, à près de cinquante ans!

— Mais ma grosse chatte, ce n'est qu'un triste exemple parmi tant d'autres tout aussi concrets, pris dans la vie quotidienne, de la victoire de l'aliénation sur la liberté et l'esprit critique! Si plus personne aujourd'hui ne dénonce l'aliénation, c'est bien la preuve qu'elle a gagné sur tous les tableaux. Et ce ne sont surtout pas tous ces pseudo-philosophes médiatisés et bien installés dans leurs compromissions, ces pseudo-penseurs à la recherche d'une idée tube qu'on lance comme la chanson de l'été et qui s'évapore aussi vite, ce ne sont pas tous ces clowns bouffés par le souci de leur image et de leur compte en banque qui vont s'attaquer à la réalité du mal puisqu'ils font partie de ceux qui en profitent sans vergogne. Drôles de philosophes !

Josyane conduit avec nervosité sa petite Peugeot 106 et a du mal à atteindre le levier de vitesse tant Apolline

(qui bâille et, fatiguée par l'inconfort, n'éprouve aucun désir d'interrompre ce monologue)

emplit sa place et déborde vers toutes les directions qui offrent quelque espace.

— Tu te rappelles, dit-elle en allumant une Gauloise, quand nous sommes allées en Suède ? À l'entrée de Hambourg, un freluquet s'était arrêté avec une bagnole minuscule et avait proposé de nous conduire où nous voulions, même chez lui. Et nous étions tellement crevées, avec la chaleur et le sac à dos, que j'avais accepté !

— Tu étais montée à l'arrière avec les bagages et quand moi, je me suis assise à côté du conducteur, c'est devenu impossible de fermer la portière qui s'enfonçait dans le trottoir tellement la voiture penchait à droite !

La petite Peugeot se gare au pied de Fourvière, à deux pas de la primatiale Saint-Jean, dans une de ces rues étroites du vieux Lyon où Josyane a aménagé en haut d'un immeuble rénové un petit duplex dont elle espère agrandir le deuxième niveau en achetant une chambre de bonne contiguë.

— Le type nous avait laissées seules un moment dans la voiture, continue Apolline, pour aller acheter je ne sais plus quoi, et en bougeant, mon genou avait par mégarde ouvert le vide-poche qui était plein de revues porno ! Nous avions pris la fuite aussitôt.

— C'est bête, dit Josyane, je regrette qu'on ait filé à l'anglaise. On aurait pu voir de quel bois il se chauffait. Il nous aurait balladées dans Hambourg, il nous aurait payé des bocks et des hamburgers, on aurait accepté d'aller chez lui, il nous aurait baratinées, il aurait encore sorti quelques bières avant de sortir son bazar, puis on lui aurait coupé les couilles !

Elles se mettent à rire comme au bon vieux temps

(Apolline en profite pour s'arrêter et souffler, car il n'y a pas d'ascenseur et Josyane grimpe comme une chèvre vers son étage),

quand elles étaient complices. À cette époque, Apolline ressentait une réelle fascination pour cette fille dont la vulgarité lui paraissait si incroyable qu'elle y voyait avec admiration un refus des conventions et une révolte viscérale contre l'hypocrisie de l'éducation réputée bourgeoise. Apolline se laissait entraîner sans résistance dans ce qui devenait pour elle un acte de provocation, mais elle redevenait sage et polie dès qu'elle rentrait dans le cocon maternel. Elle était écartelée entre ces deux positions extrêmes de jeune fille bien élevée et de pasionaria faubourienne. Elle était malheureuse et honteuse de ne pas oser présenter à madame Desmoulins cette amie qui l'avait poussée à extérioriser comme on expectore un crachat ce soi-même insoupçonné et avait été, elle s'en était persuadée très vite en demeurant longtemps impuissante à réagir, son mauvais génie. Non par les idées que Josyane défendait, mais par l'empire qu'elle exerçait sur Apolline, par sa volonté sournoise de la plier à ses désirs, de la manipuler, de décider de tout pour elle, d'en faire sa chose.

Elle sait bien aujourd'hui qu'elle ne reviendra pas en arrière, qu'elle ne cédera pas à la tentation d'entrer à nouveau dans le cercle infernal de la domination. Il ne suffira pas de quelques heures de retrouvailles pour retomber sous la coupe de Josyane, pour exacerber de vieux démons dont les chaînes sont bien arrimées

(«Josyane croit-elle avoir toujours en face d'elle la grosse pomme suiviste que j'ai été? Alors elle se trompe», pense-t-elle. Car cette vulgarité, cette arrogance, ce dynamisme hystérique, non seulement ça ne l'épate plus, mais ça ne l'amuse même pas, même si, pour rester honnête, elle est convaincue que ces sept ans d'amitié et l'influence de Josyane l'ont quand même un peu aidée à s'assumer telle qu'elle était, à se supporter tant bien que mal, à renvoyer sans trop de complexe d'infériorité aux imbéciles son image de matrone),
et ne semblent pas près de rompre. Comment Josyane pourrait-elle soupçonner chez Apolline le changement récent qui lui offre désormais de regarder la vie d'un autre point de vue, comme ces paysages qui s'éclairent chaque matin devant une

fenêtre et deviennent désespérément banals, presque invisibles, avant qu'on les redécouvre un jour d'un autre lieu, métamorphosés, méconnaissables ?

— N'as-tu jamais essayé de maigrir, de suivre un régime ? avait demandé Josyane lorsqu'elles avaient fait connaissance en terminale au lycée Paul-Valéry et qu'elles s'étaient aussitôt révélées rivales pour la suprématie en philo, Apolline prenant finalement le dessus dans le travail en même temps qu'elle subissait peu à peu l'ascendant de son amie qui l'éveillait à la politique, à la contestation, à l'insolence.

— J'étais déjà une grosse petite fille, avait répondu Apolline en rougissant. Et à quatorze ans, je pesais près de cent kilos, comme aujourd'hui. Depuis mon plus jeune âge, maman me serine que je suis grosse et laide...

— Mais c'est monstrueux, il faut l'exterminer ta mère ! allez ouste, en Sibérie ! s'était indignée Josyane.

— Non, tu ne comprends pas. Maman m'aime beaucoup, elle me répète que je suis laide et grosse pour me le faire accepter, pour que cela ne me fasse pas souffrir quand on veut se moquer de moi, pour me rendre banales des choses difficiles à vivre.

— Mais enfin, Apolline, tu ne réagis pas ? Prends le taureau par les cornes, va voir un toubib et entreprends un régime de ton propre chef, sans rien demander à ta mère indigne !

— Je ne crois en avoir ni le courage ni l'envie.

Je suis habituée à moi-même, et je suis trop gourmande pour me priver ! avait dit Apolline en souriant. D'ailleurs, mon médecin de famille a parfois essayé de me concocter des régimes d'amaigrissement et de traiter médicalement mon obésité, mais sans succès. Je maigrissais mais je m'affaiblissais, je perdais toute énergie, je n'avais envie de rien, j'entrais dans des états de tristesse insupportables.

— Très bien, qu'à cela ne tienne, avait répliqué Josyane, très sûre d'elle. Puisque c'est comme ça, nous allons employer une autre stratégie. Tu veux rester grosse, d'accord ! mais pas question que tu restes timorée et timide dans ton coin. Je veux que tu sortes, que tu rencontres des gens, que tu t'amuses, que tu ne te replies pas sur ton petit univers familial. Nous allons nous servir de ton poids, ma grosse pomme, et je vais faire de toi un bulldozer ! Et dis-toi bien que si tu n'es pas la beauté sur la terre, tu es loin d'être laide, tu as même une jolie petite frimousse que nous allons mettre en valeur, bordel !

« Ils vont tous arriver à deux heures pour le café », dit Josyane en préparant un gratin de macaronis et en sortant du réfrigérateur un gros gâteau au chocolat qui a besoin de la température ambiante pour retrouver tout son moelleux.

Apolline ne peut masquer son étonnement, au point de s'approcher et de déposer sur la joue brune de Josyane un baiser sincère, duquel toute hypocrisie est absente.

— C'est toi qui as fait ça ! Je suis franchement épatée.

— Je suis heureuse que tu constates que je me suis bien fendue pour te recevoir !

— Moi je suis heureuse de découvrir que tu avais des talents culinaires cachés ! Tu vis seule ici ?

— Oui. Lui est à deux rues d'ici avec le lardon. Eh oui, ma grosse, un instant de faiblesse il y a quinze ans. Je me suis mariée et j'ai un fils de quatorze ans. Ça t'en bouche un coin, pas vrai ? Nous ne sommes pas divorcés, mais comme je ne supporte ni les hommes ni les gosses, et que j'avais la méchante impression de m'être fait niquer dans cette histoire, j'ai dit stop et nous avons décidé de nous comporter en gens intelligents et responsables. Donc, chacun chez soi !

— Tu les vois quand même ?

— Ne plus supporter de vivre avec, ça ne signifie pas ne pas aimer... Je te jure que je pourrais crever pour mon gosse... Il vient ici quand il veut, il a sa clé.

— Et son père ?

— C'est resté un bon pote, on se croise souvent dans le quartier ou dans les couloirs de la fac, c'est tout... Et toi, t'as un jules, ou une julesse ?

— J'ai des amis, répond Apolline avec prudence, comme si un signal intérieur la prévenait qu'il faut éviter de parler de soi, ne pas même évoquer les visites de son ami marocain Omar, empêcher Josyane de se faufiler dans sa vie. Car elle cultive l'art de s'engouffrer dans les brèches les plus minces qui conduisent à l'intimité des autres, pour mieux les prendre dans ses filets, les réduire à sa merci et les entraîner à se comporter selon son désir, en application des solutions qu'elle leur construit pour qu'ils sortent de leurs contradictions et règlent leurs difficultés psychologiques et affectives. Avec Josyane, tout est toujours simple. Les états d'âme n'ont pas lieu d'exister, professe-t-elle depuis son adolescence, « puisque nous ne sommes juste qu'un bout de viande, un gros tas de molécules provisoirement en mouvement et qui obéissent à des lois scientifiques comme n'importe quelle autre organisation de la matière, avant de se recycler en cendres, en fumée et en gaz ou directement en nourriture putréfiée pour d'autres manifestations de la vie». Tout le reste n'est pour elle que «métaphysique, manipulation, l'œuvre de ceux qui veulent détourner le peuple de la raison dialectique et de l'analyse objective d'un univers qui n'est rien d'autre que matière, jusque dans la fascinante complexité de nos neurones». Apolline a beau considérer que cette méthode fournit l'un des instruments de travail les plus efficaces lorsqu'on veut comprendre la structure des sociétés et la marche de l'histoire, elle est convaincue de ses carences et même de sa sottise quand il s'agit d'étudier tout ce qui dépend de soi, ou de la vie privée, les aspirations intimes et les sentiments individuels. Elle n'a jamais pu se résoudre à réduire le genre humain au seul procès de production marxiste, pas plus que l'ensemble de l'énergie pulsionnelle à la libido freudienne. Elle a assez en mémoire les colères de Josyane à ce sujet pour se garder de livrer le moindre indice propice à l'élaboration subite d'un plan de bataille, qu'il faudrait mettre à exécution dans l'instant sous peine d'entrer dans les affres d'un affrontement idéologique et même physique

(Josyane peut se mettre à crier, à cracher au visage, à casser de la vaisselle dans des accès de violence incontrôlables)

dont l'aspect vaudevillesque ne l'intéresse plus.

Aussi Apolline bifurque-t-elle sur le somptueux gâteau au chocolat devant lequel elle s'extasie avec une ostentation et une insistance à peine exagérées.

— Je change de conversation, dit-elle d'un ton d'excuse hypocrite. C'est ton gâteau qui m'y fait penser. Je sais qu'il y a, ce n'est pas très loin de Lyon, un bourg du nom de La Clayette. C'est sur la route de Charolles, déjà en Bourgogne, à quelque soixante kilomètres d'ici, j'ai étudié la carte hier soir avant de me coucher. Nous pourrions partir demain matin toutes les deux, je t'inviterai à déjeuner là-bas, et nous rentrerons avant le départ de mon train de dix-huit heures...

— Pourquoi La Clayette ? interroge Josyane avec une moue un peu butée qui ne présage rien de bon. Je ne connais pas ce bled, moi ! Mais si tu veux absolument faire une virée demain, je connais des tas d'autres endroits très chouettes.

— Je te fais confiance, mais La Clayette, murmure Apolline comme si elle avouait une faute terrible, possède chez les connaisseurs la réputation d'abriter la fabrique du meilleur artisan chocolatier du monde. Alors ce serait vraiment sympathique de ta part si...

— Tu es emmerdante avec ton chocolat

(elle s'est plantée, les mains sur les hanches et le regard noir, devant Apolline interdite),

moi qui ai horreur de préparer la bouffe, j'ai la délicatesse de te cuisiner un gâteau, spécialement pour toi, et ça ne te suffit pas ! Non, madame a repéré La Clayette sur une carte et c'est finalement pour ça qu'elle a accepté mon invitation. Pour s'en rapprocher et me mettre au pied du mur. C'est la gloutonnerie qui te guide, ma pauvre grosse, et si mon colloque n'était pas pour moi une chose sérieuse, je te proposerais comme sujet d'intervention de traiter du chocolat en tant que vecteur principal d'aliénation dans la vie d'Apolline Desmoulins !

— La question serait de savoir, ironise Apolline, si je suis aliénée, ou dépendante, ou conditionnée. Est-on aliéné quand on fait quelque chose par goût, quand il s'agit d'une passion librement choisie ?

— Arrête de pinailler, veux-tu ?

— Pour être franche, poursuit Apolline avec une malice qui lui semble de l'insolence, je suis très consciente d'être dépendante. Mais ça me fait plaisir, et je ne me contente pas d'ingurgiter des montagnes de chocolat, je m'y intéresse, je le déguste. Je ne crois pas dire de bêtises, mais il y a aliénation quand des puissances d'ordre économique, politique ou religieux t'imposent une situation d'asservissement et d'exploitation, au point que cela fait de toi un autre, lequel est toi-même mais sans posséder ta véritable personnalité, puisque celle-ci est écrasée, étouffée et que cet autre qui s'exprime est quand même toi aux yeux de tous.

— Il faut que je rie ou que j'explose ?

— Il paraît que sans tonton Hegel et papa Marx, pouffe Apolline, les masses laborieuses seraient restées dans l'ignorance, traînant cette aliénation perverse comme un boulet inconscient.

— Arrête de me chercher, ma vieille. Tu ne peux pas nier que le chocolat, qui constitue un produit du travail humain, se retourne contre toi dès lors que tu lui attribues une existence indépendante par laquelle il te rend esclave. C'est exactement ça, la définition de l'aliénation marxiste appliquée au chocolat. En plus, je crois savoir que tu ne t'empiffres pas de n'importe quoi ! Madame n'achète pas les tablettes destinées à la plèbe, elle est aliénée, mais dans le luxe !

— Tu délires, ma pauvre Josyane. Pour une fois, je pense comme ma mère, et je revendique avec elle qu'il y ait du bon chocolat pour tous. Je vais même plus loin et je proclame que rien n'est trop luxueux pour les prolétaires !

— Alors là, c'en est trop ! Venir me narguer chez moi avec un slogan situationniste, non ! Fous-moi le camp ! Reprends tes cliques et tes claques. Toi et moi, ça n'a jamais existé.

Dans un mouvement de rage, Josyane se retourne vers le gâteau, s'en saisit et veut l'écraser sur la figure écarquillée d'Apolline. Celle-ci a vu venir le coup et a anticipé prestement, dans une de ces réactions dont elle a le secret. Elle a commencé de s'éloigner dès que Josyane a amorcé son geste qui, ne trouvant d'autre opposition que l'espace libéré, l'entraîne en avant et la déséquilibre jusqu'à la propulser contre la table, où le gâteau qu'elle a lâché dans l'aventure attend perfidement son visage.

— C'est toi Laurel, c'est moi Hardy, ricane Apolline. Le gâteau au chocolat, ça change de la tarte à la crème. Tes leçons, ma pauvre Josyane, c'est terminé. Tu es très mal placée pour en donner, toi qui m'as traitée en esclave pendant sept ans, toi qui ne peux comprendre les relations qu'en termes de rapports de force. Je suis venue avec l'espoir que tu aurais changé un peu, un tout petit peu, que la vie t'aurait enseigné le respect de tes propres amis, même ceux qui pensent autrement que toi. Au lieu de quoi tu ne peux t'empêcher de refaire de moi un objet manipulable à loisir, au nom de ta vérité et de ta volonté de domination.

— Tu constates que je te laisse parler sans t'interrompre, siffle Josyane d'un ton acéré qui ne convient guère à l'air clownesque que lui donnent ses joues et son nez enchocolatés.

— Oui, mais c'est trop tard. Au fond je te remercie, car je reconnais que sans toi je n'aurais peut-être jamais réussi à imaginer l'existence autrement que dans la passivité, la réclusion et la soumission à tout ce qui m'entoure. Sache quand même qu'il me faut atteindre quarante-sept ans pour tirer un entier bénéfice de ton influence sur ce plan-là ! Dommage que tu n'aies pas su me montrer cette voie libératrice sans placer sur ma tête ton propre couvercle de despotisme ! Ce que tu croyais m'apporter d'un côté, tu me le reprenais aussitôt de l'autre.

Le spectacle de Josyane affalée et les yeux ahuris brillant dans le chocolat est de la veine de ces scènes du cinéma burlesque qui pourraient amuser Apolline. Mais elle ne rit pas, sa bouche est dure, son regard froid. Elle se contente de savourer cet instant, moins en raison de la position humiliante et ridicule de Josyane que parce qu'il met fin à cette histoire. Il gomme ce goût d'inachevé teinté de rancœur qu'elle a ruminé pendant vingt-trois ans sans en être vraiment consciente, comme si malgré son éloignement et son silence, Josyane n'avait cessé de perpétuer son ascendant par quelque tour de magie noire. Seul un acte autonome surgi de la volonté d'Apolline pouvait avoir assez de force symbolique pour qu'elle se libérât du poids de cette tutelle muette qu'il fallait exorciser, et l'ironie du sort a voulu sceller la marque de cet envol tardif dans le chocolat.

— En ce moment précis, je suis libre et heureuse, proclame-t-elle avant de fermer la porte et de descendre calmement l'escalier, regrettant quand même le gâteau gâché et le gratin de pâtes dont l'odeur exquise suggère l'appétissant doré, et laissant Josyane dépouillée de son sceptre, comme mutilée.

Apolline se sent plus légère, elle a l'impression d'avoir remporté une grande victoire autant sur elle-même que sur Josyane, et tandis qu'elle marche, traverse la Saône au pont Bonaparte et s'enfonce, à gauche de la place Bellecour, dans la rue du Président Herriot, elle ne cesse de comparer, en un méditatif ressassage, cette rupture à celle d'autrefois

(quand elles s'étaient séparées à Orly au retour de Turquie ; Josyane avait quitté la file d'attente des taxis en l'injuriant devant tout le monde et avait couru comme une folle vers le bus pour Denfert-Rochereau).

Mais quand elle s'apprête à entrer dans un restaurant belge très aguichant, elle s'aperçoit avec stupeur qu'elle a oublié son petit sac de voyage chez Josyane et qu'il lui faut retourner là d'où elle vient, ce qui lui paraît d'abord très déplaisant. Ce sentiment ne dure guère, il s'évapore même très vite, preuve de sa victoire, et elle remonte les escaliers sans aucune angoisse, forte de cette sérénité que confère la résolution des tourments. Le sac est posé sur le paillasson, et elle sait que le mauvais génie de Josyane ne la poursuivra ni ne l'atteindra jamais plus ; que désormais l'empire occulte qu'elle exerçait sur sa mémoire s'est désagrégé et que les souvenirs liés à ces années sont entrés dans l'immensité limpide d'un passé défunt.

Elle mange sans entracte deux portions de moules à la flamande

(une recette où le bouillon des moules est mélangé à de la crème et à de petits morceaux de lard)

accompagnées de frites et de bière de l'abbaye d'Orval, un lieu où elle est passée lors d'un voyage d'une semaine en Belgique avec Moncef, un jeune sergent-chef d'origine tunisienne qu'elle rencontrait sur le quai de la gare de Fontainebleau, en direction de Paris, tous les vendredis soirs à l'époque où elle débutait

(c'était elle qui avait mené la chasse et la conquête dès le premier soir, comme hypnotisée par le mélange de candeur et de martialité que dégageait le beau visage du jeune homme)

et avec lequel elle a eu une liaison dont le souvenir la rend toujours très triste car il a été le seul homme, le seul être humain même à ne pas projeter sur elle des fantasmes violents ou névrotiques, à lui faire l'amour simplement avant de sombrer épuisé dans le sommeil et les ronflements, ou à s'abandonner en silence à ses mains et à sa bouche quand elle le décidait.

Elle avait renoncé à sa place de première classe et, avec une audace dont elle n'était pas coutumière quand elle n'était pas entraînée par une Josyane, était allée s'asseoir en face de lui en le dévorant des yeux. Il baissait la tête, et cela l'avait encouragée dans sa manœuvre. Au bout de quelques vendredis, elle avait enfin osé engager la conversation et l'avait en balbutiant invité à dîner au Train Bleu à l'arrivée en gare de Lyon. Le décor du restaurant avait impressionné le militaire, médusé aussi par la connaissance qu'Apolline avait de la Tunisie, de sa grandeur antique à son identité moderne, de l'empire de Carthage à l'action opiniâtre et décisive du Combattant Suprême pour l'indépendance de son pays.

— Vous en savez plus que moi, avait-il déclaré en souriant. Je ne suis jamais allé là-bas. Mon père était sous-officier dans l'armée française pendant la guerre et a fait ensuite carrière dans les troupes stationnées en Allemagne. C'est là que je suis né. Ma famille a choisi d'être française, alors la Tunisie d'autrefois ou celle de Bourguiba, c'est resté très loin. Je suis arrivé en France à l'âge de dix ans avec ma mère et mes trois sœurs, après la mort accidentelle de mon père, en service.

Apolline avait saisi la perche que sans le savoir

il lui tendait, pour parler elle aussi de la mort de son père, alors qu'elle avait deux ans et que son frère Antoine n'était conçu que depuis deux mois. Elle souffrait que ce fût un sujet difficile à aborder avec sa mère, à laquelle elle n'avait pu arracher la moindre information, comme si quelque chose d'indicible la bloquait. La seule explication avait invariablement été : « Ton père était très malade. » Elle avait quand même réussi à obtenir quelques détails de sa grand-mère maternelle qu'elle visitait dans son village auvergnat pendant les vacances scolaires.

— Ma grand-mère est morte il y a exactement un an, avait précisé Apolline à son compagnon. Quinze ans après mon grand-père. Mais elle n'a pas survécu trois jours à la mort du général de Gaulle. C'est elle qui m'a appris qu'Albert Desmoulins, né en 1901 et héritier d'une entreprise de textiles, était devenu son gendre en épousant en 1938 ma future mère qui était de douze ans sa cadette...

Apolline s'était rendu compte, en accumulant au fil des ans les renseignements qui arrivaient par bribes décousues, que ses grands-parents, vieux aristocrates terriens et ruinés, avaient arrangé ce mariage pour donner à leur fille unique Odette un parti convenable, bien qu'Albert fût roturier

(la grand-mère cependant prétendait qu'un lointain ancêtre de son gendre, marquis ou baron, avait versé son sang pour Louis XVI, et que cela changeait tout !).

La rencontre avait eu lieu à Paris, dans l'hôtel particulier des parents Desmoulins
(ils n'avaient conçu que ce fils, et étaient déjà à la retraite au moment de son mariage)
et tout s'était très vite passé. Odette et Albert s'étaient installés dans l'appartement de la place Daumesnil qui appartenait à la famille. Au début de la guerre, Albert avait envoyé son épouse chez ses parents pour qu'elle ne fût pas seule, car il avait rejoint Londres quelques jours après l'Appel du 18 Juin. Alors qu'il avait réussi plusieurs missions secrètes en France, il s'était fait bêtement arrêter par la Gestapo en venant assister, après mille précautions pourtant, aux obsèques de sa mère. On avait alors aussi arrêté son père, et on les avait envoyés tous les deux dans un camp en Allemagne. Quand il était rentré, très malade et seul car son père était mort prisonnier, Albert avait vendu tous ses biens immobiliers et son affaire de textiles en déroute, sauf l'appartement de la place Daumesnil où il avait terminé sa vie entre Odette et la toute petite Apolline.

Moncef s'étonnait que celle-ci n'ait pas cherché à se renseigner auprès des Compagnons de la Libération, ou dans quelque ministère, ou encore auprès d'autres membres de la famille.

— J'ai négligé tout cela, mais je me sens paralysée par l'opinion que ma mère aurait d'une telle démarche. Je me sens impuissante devant ce genre d'entreprise qui m'oppose un interdit, en dépit des progrès que j'aurais pu faire grâce à la fréquentation d'une amie avec laquelle je suis fâchée depuis l'été dernier et dont je vous parlerai peut-être un jour.

Ce soir-là, elle avait emmené le jeune militaire dans son studio de la rue Michel-Chasles d'où l'on voyait les arcades du Train Bleu illuminer la façade de la gare. Il n'avait pas l'habitude de boire et Apolline (un peu perverse ou juste pour se mettre elle-même en confiance) lui avait versé plusieurs petits verres de mescal qu'il n'avait pas osé refuser. Elle avait dû le déshabiller comme un petit garçon, l'avait guidé aux toilettes, l'avait aidé à se laver, puis l'avait conduit qui titubait jusque sur le lit et s'était lancée, prenant pour la première fois de sa vie toutes les initiatives. Étendu nu sur le dos tel un naufragé, il s'était laissé envahir par ce corps comme par une mer. Il était revenu souvent pendant plus de deux ans. Ils aimaient rester seuls tous les deux, sans que quiconque vînt troubler leur duo, en laissant leurs amis et leurs familles loin de leur secret. Il s'était acheté une voiture et ils avaient effectué ce circuit en Belgique, qu'ils avaient achevé par le sud vers Liège et Luxembourg avant de suivre la frontière jusqu'à l'abbaye d'Orval et regagner Paris par Sedan et Charleville-Mézières où Apolline, dans un café de la place Ducale, avait poursuivi pour lui une évocation de Rimbaud commencée à Bruxelles devant la Maison des Brasseurs.

Vingt et un ans plus tard, dans ce restaurant belge de Lyon, elle songe à ce voyage et au destin de Moncef qui s'était tué l'hiver suivant sur une route verglacée près de Fontainebleau. Apolline avait ce jour-là compris les limites de l'enseignement de Josyane et trouvé un réconfort dans celui des vieux maîtres stoïciens qu'elle avait jusqu'ici méprisés.

Bien qu'elle ait apprécié son dessert, elle s'offre en sortant un sachet de pralines en vrac chez un confiseur. Elle les déguste tout en flânant jusqu'à la station du téléphérique de Fourvière. Elle néglige à sa gauche Notre-Dame-de-Fourvière et se dirige vers le parc archéologique. Le ciel est clair et elle s'assoit un instant en haut du théâtre romain où elle parcourt des passages du livre sur Lugdunum qu'elle a apporté et n'avait jamais lu depuis treize ans qu'elle l'a acheté, à l'époque où elle s'était déplacée à Lyon pour rencontrer le garçon qui avait répondu à sa petite annonce. Il l'avait attendue à la gare de Perrache au milieu de l'après-midi, « pas besoin de signe pour se reconnaître, je suppose ! » avait-il plaisanté au téléphone. Stupéfaite, elle avait vu s'approcher un gros garçon de son gabarit, une espèce de réplique d'elle-même au masculin, sauf qu'il semblait loin de posséder son aisance pour se mouvoir. D'emblée elle s'était braquée, furieuse, sans autre motif que celui de refuser la fatale association de certains semblables, comme si le nain était voué à ne s'épanouir qu'avec la naine, le sourd avec la sourde, le gros avec la grosse.

— Je ne sais pas si tu es déjà venue à Lyon..., nous pouvons nous tutoyer, n'est-ce pas ? avait dit le garçon comme entrée en matière. En tant que Lyonnais de souche, je te prie d'abord en guise de bienvenue d'accepter mes excuses pour la chose hideuse construite devant la gare, et qui est la honte de la ville...

— Je ne vois rien...

— Certes, puisque nous sommes dedans ! Dans le bunker grâce auquel l'on ne voit même plus la façade de la gare et qui occupe la moitié du bel espace qu'il y avait autrefois, le cours Léopold qui faisait une superbe promenade entre l'esplanade de la gare et la place Carnot. Bientôt, ils seront bien capables de nous élever un parking comme celui-ci devant Notre-Dame-de-Fourvière !

— Oui, j'ai entendu parler de la politique d'urbanisation à Lyon. Elle n'est guère pire qu'ailleurs. Comme partout, le politique n'est que le valet du financier et de l'affairiste. Mais cette conversation ne m'intéresse pas, puisque je ne peux absolument rien contre cet état de choses. Je ne peux pas passer mon temps à déplorer la bêtise et la corruption. Emmène-moi donc boire un bon chocolat chaud. Ça, au moins, ça appartient à un domaine où l'individu possède encore son pouvoir de décision. Dans une ville comme Lyon, si gastronomique, tu dois sûrement connaître les meilleurs établissements où l'on prépare mon ambroisie dans les règles de l'art.

— C'est mieux chez moi. Je suis un expert en chocolat, avait répondu le garçon qui habitait un appartement très coquet en rez-de-chaussée, à deux pas de la vieille basilique Saint-Martin-d'Ainay et à cinq minutes à pied de Perrache, distance qui lui était pourtant suffisamment pénible pour qu'ils la parcourussent en taxi.

Apolline avait en effet trouvé son chocolat succulent, d'autant qu'il était accompagné de carrés amers de la plus fine fabrication. Mais elle n'avait pas envie d'être aimable avec ce garçon qui travaillait tout à côté au Musée historique des tissus. Leur conversation se heurtait à la mauvaise humeur d'Apolline, malgré les efforts qu'il déployait pour la relancer.

— Sais-tu que Lyon était déjà une ville réputée pour sa bonne chère à l'époque de l'empire romain ? Il existait entre autres, on en a la preuve, une auberge à l'enseigne de Mercure et d'Apollon, où l'aubergiste faisait aux voyageurs une réclame incroyablement moderne pour sa cuisine, en les prévenant carrément que s'ils ne s'arrêtaient pas chez lui, ils avaient intérêt à se méfier des gargotes où ils risquaient de mettre les pieds !

Elle l'avait laissé parler, l'interrompant parfois brutalement d'une réflexion sans rapport avec ce qu'il expliquait, passant sans ménagement du coq à l'âne. Mais il semblait doté d'une patience infinie.

— Tu affectionnes les interventions désultoires, avait-il plaisanté au bout de la troisième ou quatrième. Mais es-tu comme cela pour tout ? *« Desultor amoris »*, écrit Ovide dans le premier livre des *Amours*, « changeant en amour » ! Serais-tu désultoire aussi en amour, inconstante, imprévisible ?

Comme elle ne réagissait pas, il avait proposé d'aller au cinéma.

— Il n'y a pas de film de Fellini actuellement sur les écrans lyonnais, mais, à moins que tu ne l'aies déjà vu à Paris, on donne *Lili Marleen* de Fassbinder. Ensuite nous irions dans un bon petit restaurant et nous rentrerions sagement faire des galipettes.

Apolline avait alors éclaté de rire, à cause du mot qu'il avait employé, imaginant les galipettes de deux mastodontes sur un pauvre sommier, voyant déjà le lit s'effondrer sous leur poids et le ridicule de la scène, elle cherchant dans les replis du garçon une bistouquette en tire-bouchon, et leurs ventres collés empêchant toute réunion de leurs sexes.

— Il faut que les choses soient bien claires, avait-elle déclaré. Tu es sympathique, intelligent, cultivé. Mais ce n'est pas possible. Il fallait me dire dans ta réponse que tu étais aussi difforme que moi, je ne t'aurais pas répondu. Je n'ai rien contre toi, je serais idiote si je critiquais ton apparence. Mais je ne peux envisager le moindre contact avec quelqu'un qui me ressemble tant. Il faut me pardonner.

Elle s'était levée pour partir, mais le garçon soudain comme fou l'avait saisie par une main, attirée vers lui et giflée avec une force inouïe. Elle avait vacillé, était tombée sur le lit à la renverse en criant et avait senti sur elle la masse de ce corps qui la paralysait. Elle avait reçu ainsi une autre gifle avant d'être agrippée par les cheveux et, tandis qu'elle fermait les yeux en se débattant, il avait rampé sur elle jusqu'à présenter devant sa bouche son tire-bouchon raidi et malodorant, ce qui l'avait suffoquée et lui avait provoqué un haut-le-cœur vomitif qui avait mis fin à l'assaut. Le garçon s'était alors dégagé. Il avait reculé en balbutiant des mots incompréhensibles et s'était effondré en larmes convulsives dans un coin, le pantalon aux chevilles, en la suppliant de lui pardonner, comme un enfant prend conscience des conséquences de son forfait seulement après qu'il l'a commis. Apolline s'était arrangé cheveux et vêtements avec dignité et avait fait réchauffer ce qu'il restait de chocolat, dans un silence glacial. Elle l'avait bu sans concéder un mot ni un regard, avait remis sa veste en daim, pris son petit sac de voyage et s'en était allée. Elle n'avait craqué qu'une fois parvenue place Carnot, en face du bunker qui masquait la gare, et s'était assise sur un banc pour pleurer et repousser bien vite, car la nuit tombait, les avances de quelques types un peu louches, ce qui l'avait incitée à entrer dans l'hôtel le plus proche en attendant le premier train du lendemain. Elle avait avalé une choucroute à la brasserie attenante, était allée se noyer dans l'obscurité d'un cinéma où elle avait pris fait et cause pour la jeune héroïne d'*Out of the Blue*, le film de Dennis Hopper qui venait de sortir, et était rentrée à l'hôtel pour se coucher avec l'espoir d'endormir le traumatisme de l'après-midi. Mais elle n'avait pas pu fermer l'œil de la nuit, sinon pour se réveiller sitôt assoupie, obsédée par cette odeur de sexe malpropre qui lui semblait flotter autour de ses narines.

Apolline aujourd'hui a envie de descendre vers

Perrache, mue par une drôle de curiosité. Elle remonte vers le musée de la Civilisation gallo-romaine devant lequel elle hèle un taxi. Elle est en quelques minutes devant la basilique Saint-Martin-d'Ainay et retrouve sans peine l'immeuble d'où elle a emporté de si mauvais souvenirs, des cauchemars tenaces. Elle s'arrête devant la fenêtre du rez-de-chaussée derrière laquelle elle a été autrefois battue et croit distinguer à travers le rideau une grosse masse qui l'observe et la dévisage.

Elle a pu attraper le TGV de dix-huit heures au départ de Perrache et avancer ainsi son retour d'une journée, non sans avoir eu le temps de faire halte dans une charcuterie de la rue Victor-Hugo pour acheter un imposant saucisson de Lyon pistaché et truffé, et de se laisser tenter par le chocolatier qui lui tendait les bras, juste en face. Et le soir, à peine est-elle barricadée dans la douce tiédeur de sa maison qu'elle se prend à hésiter entre dîner tout de suite ou s'enfoncer d'abord dans un bain. La paresse de redescendre à la cuisine après les délices émollientes de l'eau l'incite à commencer par le repas, et elle expédie sans même se déshabiller un gros plat de spaghettis semi-complets agrémentés d'un peu d'huile d'olive, de fromage râpé et de basilic, verse dans un verre à pied acheté aux puces de Vanves un fond de bouteille qui traînait sur le buffet, fait trois bouchées d'une banane bien mûre comme elle les aime et, dès qu'elle a lavé et mis à sécher sa très réduite vaisselle, elle monte à l'étage, ôte ses vêtements avec des soupirs d'aise. Elle verse dans la baignoire l'un des nombreux produits moussants dont les flacons multicolores bariolent le pourtour et pendant que l'eau coule, elle oriente la télévision de manière à en voir l'écran depuis son bain. Le téléphone sonne, déclenche le répondeur

(elle a résisté pendant des années, sans opposer de raisons très claires fors sa volonté, à l'acquisition d'un répondeur téléphonique, malgré les coups de fil anonymes dont elle était périodiquement victime, banals mais insistants quand ils se produisaient, tantôt muets, tantôt succession de borborygmes suggestifs, tantôt voix maquillées vomissant des cochonneries, donc, pensait-elle, quelqu'un qui la connaissait de près ou de loin et souffrait de poussées maladives de harcèlement, elle tenterait un jour peut-être d'élucider cette question. Puis elle a fini par se décider il y a quelques semaines. Le répondeur a même été la première entorse à son mode de vie depuis le moment où lui est venue l'idée étrange de modifier son décor, et même d'abandonner sa maison pour un appartement moderne) ;
elle allait pester contre le bruit de la sonnerie, mais elle reconnaît la voix de Jean-Baptiste, se radoucit aussitôt et décroche.

— Ah, bonjour mon chou ! Comme ma mère et Omar croient que je suis encore à Lyon, je me demandais qui m'appelait. En fait je suis rentrée dès ce soir au lieu de demain...

— Que faisais-tu là-bas ?

— Je t'expliquerai une autre fois, je prends un bain en regardant *Satyricon*...

— Je passe dormir chez toi ?

— Si tu veux, à tout de suite.

Elle entend la clé

(qu'elle a laissée à Jean-Baptiste, le seul qui possède ce privilège, dont ne bénéficie pas Omar, qu'elle ne désire pas voir débarquer chez elle à l'improviste et surtout pas trouver là en rentrant) tourner dans la serrure au moment où le pirate Lychas veut faire d'Encolpe son favori, et Jean-Baptiste la rejoint dans l'immense baignoire en quart de cercle construite sur mesure en carrelages de style ottoman, comme en sont aussi recouverts les murs de ce lieu d'où émane un parfum de Mille et Une Nuits. Elle réchauffe le bain en laissant recouler l'eau chaude une minute et ils ont vu tant de fois le film qu'ils peuvent se permettre de parler sans en perdre une image, lui posant de brévissimes questions, elle racontant par le menu les péripéties de la journée, tandis qu'il s'assoit derrière elle, passe ses jambes de part et d'autre de ses fesses énormes, lui rejette ses longs cheveux sur la figure pour lui masser les trapèzes et la nuque noyés dans la graisse, avec doigté et fermeté, ce qui propage en elle, à partir de ce contact sur sa peau qu'elle a incroyablement douce et fine, des frissons de bien-être.

— Tu vois, dit-il en s'allongeant à côté d'elle sous la couette, la vie est un perpétuel règlement de comptes.

— Quand même, ce n'est pas que ça ! s'offusque Apolline.

— Non, mais si tu ne règles pas tes comptes, ça empoisonne tout. Les comptes avec les autres sont souvent aussi des comptes avec soi-même, il ne faut pas éternellement les laisser en attente. Je te trouve ce soir épanouie comme jamais tu ne l'as été depuis que je te connais, comme si tu avais crevé un abcès qui te bouffait une part de toi-même. C'est tellement clair !

Bientôt il s'endort, la tête nichée contre une volumineuse mamelle et une main perdue dans les replis satinés du ventre d'Apolline, après l'avoir invitée à l'une de ces soirées spéciales qui lui rapportent gros

(il les organise depuis trois ou quatre ans dans son appartement de Suresnes qui avec sa belle terrasse offre une vue unique sur Paris)

et auxquelles elle a jusqu'ici toujours refusé de participer, ou même seulement d'assister en simple voyeuse comme il le lui suggérait, car elle appréhendait que tout cela ne se terminât mal, avec une arrivée massive de policiers l'arme au poing et de graves ennuis pour Jean-Baptiste qui tire de ces petites fêtes l'essentiel de ses revenus, et elle ne veut pas imaginer d'être présente le jour où le pot aux roses serait découvert.

— Il n'y a aucun risque, lui a maintes fois expliqué Jean-Baptiste en riant. Mon réseau et la qualité de certains de mes invités me confèrent une immunité totale contre tout ce que tu peux craindre pour moi, descente de la police des mœurs ou contrôle fiscal, puisque c'est vrai qu'il y a hiatus entre mon RMI officiel et mon train de vie !

Mais elle a tenu bon. Cela lui suffit de savoir qu'une fois par mois, Jean-Baptiste réunit dans le calme de son dernier étage une vingtaine de personnes triées sur le volet, couples distingués, prêts à payer très cher à l'idée qu'ils vont pouvoir tâter du rugbyman, du CRS ou du pompier, de quoi apporter du fantasme à des corps et des esprits blasés, en mal de sensations fortes. Comment s'y prend-il d'un côté pour recruter les clients — « cochons de payeurs, la formule est adéquate », plaisante-t-il — et de l'autre pour décider d'authentiques athlètes, qui pourraient lui casser la figure face à de telles propositions, à se livrer à ces jeux pervers — « il faut chercher la pute qui sommeille en eux, moi je la trouve », explique-t-il avec sérieux — Cela demeure pour Apolline un total mystère.

— Si tu penses que je fabule, tu n'as qu'à venir vérifier par toi-même, articulait-il dans un grand soupir énigmatique qui agaçait Apolline, laquelle se surprenait alors près de céder à une instinctive curiosité affleurant soudain comme une pulsion, un pur réflexe, une manifestation électrique des centres nerveux qui prend de vitesse toute tentative de maîtriser le sens, d'orchestrer les instruments de la pensée et de la décision réfléchie.

Cette fois, pour taquiner cette curiosité qui représente une faille et éroder un peu plus la détermination d'Apolline, il a échafaudé un projet délirant dont il est très fier car il se place aussi sur le terrain de la gourmandise.

— Je voudrais que tu viennes ne serait-ce qu'une fois, et ce serait un spécial Apolline, ce serait une soirée en ton honneur, ta fête et celle du chocolat.

À ce mot, elle commence à saliver, demande à réfléchir, retourne la proposition dans tous les sens, incapable de trouver le sommeil avant une heure avancée de la nuit, parvenant toujours à la conclusion que le chocolat mérite bien qu'elle fasse quelque folie pour lui, et qu'après tout rien ne l'oblige à participer à des choses qui lui déplairaient. Cette décision l'apaise et quand le matin Jean-Baptiste, déjà sorti acheter des croissants et de la brioche, vient la réveiller pour le petit déjeuner dominical qu'il a préparé en silence, elle règle aussitôt cette question, préférant s'engager de vive voix tant qu'elle en a l'audace, avant que les réticences viennent la troubler.

— Tu as gagné, dit-elle. Je viendrai à cette fête du chocolat. Mais promets-moi de ne plus jamais me solliciter ensuite.

— C'est promis, explose-t-il en se jetant à ses pieds dans un numéro où se mêlent le contentement, la gratitude et une part de comédie. Et je promets aussi que tu seras la reine de la soirée...

— Alors prépare ça pour le 9 février...

— Ah non ! on ne va pas attendre ta fête ! Presque trois mois, c'est trop long... S'il te plaît...

— Bon, tu as raison, profite que je suis bien disposée. Quand tu veux.

Le dimanche après-midi, elle décide d'aller à l'improviste chez sa mère, qui veut d'abord lui rendre des vidéocassettes apportées lors d'une précédente visite.

— Je ne te reprends que *Senso*, tu peux garder toutes les autres si tu veux. Regarde, j'ai acheté des chocolats ce matin à Lyon pour qu'on les déguste ensemble.

— Tu ne récupères pas tes cassettes ? toi si maniaque avec ta collection ! Mais à propos, tu étais à Lyon ? Je croyais que tu ne voulais plus voyager !

— J'ai passé d'excellents moments à discuter de philosophie avec des anciens de ma promotion à l'agrégation : la fin — sans doute provisoire — des systèmes, le devenir possible de la philosophie, l'impuissance actuelle à ordonner le sens du monde dans une structure théorique d'ensemble cohérente, ou des questions plus pratiques, et plus graves peut-être dans leurs conséquences, sur l'enseignement de la philosophie dans les lycées. Tu vois, nous n'avons pas chômé !

Madame Desmoulins prépare un chocolat chaud, à partir d'une tablette d'un chocolat à cuire, acheté en bas de la rue Fontaine, dans un magasin découvert en se promenant, un jour qu'elle s'est évadée des lieux balisés qui marquent ses sorties du jeudi dans le quartier Haussmann-Opéra. Il lui faut marcher et remonter les rues Lafitte et Notre-Dame-de-Lorette, un effort qu'elle accepte comme s'il s'agissait d'un sacrifice, « pour te faire plaisir, ma pauvre fille ».

— Je vais t'en apprendre une bien bonne, dit-elle tout en touillant le chocolat dans le lait qui chauffe et en laissant sa voix en suspens pour mieux ménager ses effets.

— Je peux arriver à deviner?

— Non, ce n'est pas la peine, c'est beaucoup trop incroyable.

— Alors je donne ma langue au chat! répond Apolline d'un ton qui veut dire qu'elle admet sa défaite, mais c'est par jeu, car sa mère est coutumière de ce genre d'énigmes et il serait stupide de la contrarier en risquant, le hasard aidant, de lui donner une bonne réponse.

— J'ai reçu un petit paquet au courrier d'hier matin.

— C'est vague!

— Il y avait des petits fromages de brebis, à point! Tu en emporteras un.

— Ça ne me met pas davantage sur la voie...

— Et il y avait un petit mot avec.

— Ah! je sens que je vais en savoir davantage, dit Apolline en riant sous cape.

— Ne ricane pas, ma pauvre fille! Et accroche-toi plutôt à la table pour la plus grande nouvelle de ma vieillesse, rétorque madame Desmoulins en gloussant. Figure-toi que je suis, oui oui oui, figure-toi que je suis grand-mère!

Apolline reste sans voix, non pas parce que sa mère est grand-mère, mais surtout parce que cela signifie qu'Antoine a décidé de réapparaître vingt-huit ans après son départ, après une discussion tellement définitive avec madame Desmoulins que celle-ci lui avait sur-le-champ signé l'autorisation administrative exigée quand un enfant mineur quitte le territoire national. Antoine était alors en classe de première au lycée Paul-Valéry et ramenait régulièrement dans sa chambre au bout du long couloir de l'appartement « une équipe de chevelus crasseux », comme disait sa mère, avec lesquels il s'enfermait des heures en écoutant « de la musique de sauvages et de dégénérés » tout en projetant de changer le monde, « de créer partout de nouveaux Viêt Nam », selon les préceptes « à la fois révolutionnaires et romantiques », expliquait-il à sa sœur, d'Ernesto Guevara, le Che, légende vivante dont de nombreuses photos étaient épinglées sur ses murs aux côtés de celles de l'Oncle Hô, des Rolling Stones et de Jimi Hendrix.

— J'ai mis au monde une incarnation du démon, se lamentait madame Desmoulins pourtant peu préoccupée par les questions religieuses. Cet enfant est né pour me rendre folle, pour me harceler, pour me faire payer mes fautes !

Elle prenait Apolline à témoin, rappelant tout ce qu'Antoine lui faisait endurer depuis sa plus petite enfance quand il piétinait, refusait tout, se révoltait, lui lançait des éclairs qui ressemblaient à la haine, l'insultait devant des gens avec lesquels il se montrait au contraire charmant, charmeur, prévenant. Elle s'employait à prouver à sa fille qu'elle était une bonne mère, qu'elle ne faisait pas de différence entre ses enfants et qu'elle ne méritait pas d'être traitée ainsi.

— La coupe est pleine, avait-elle dit un jour en

s'effondrant dans un fauteuil du salon. Une goutte encore et je ne réponds plus de rien.

On approchait alors de l'été et Antoine venait d'avoir dix-sept ans. Apolline, qui attendait sans trop d'inquiétude les résultats de ses épreuves de deuxième année de licence, avait du temps et servait de tampon entre la mère et le fils, ce qui la mettait dans des situations délicates qu'elle tâchait d'éviter en prétextant des obligations universitaires avec ses condisciples

(«avec Josyane Bunier» — aurait-elle dû préciser — qu'elle retrouvait dans la chambrette du Quartier latin qu'occupait la pasionaria stalinienne, qui l'avait convaincue quand même de suivre la filière universitaire plutôt que de se mêler, comme elle disait d'un air farouche, «à la mafia prétentieuse et imbuvable des khâgneux et des élitistes de la rue d'Ulm, que nous coifferons sur le poteau le jour du concours»).

— Il faudrait que je rencontre ton frère, disait Josyane, avant qu'il ne tombe complètement dans les sales pattes des gauchistes. Certes, il vaut mieux qu'il suive le Che que Lyndon Johnson, mais il a besoin qu'on lui explique que Guevara fait figure de déviant par rapport au vrai marxisme-léninisme, le seul qui doive triompher un jour sur la planète. Guevara veut brûler les étapes.

Apolline, dont les propres idées politiques se rapprochaient plus des tendances d'Antoine, bien qu'elle parlât peu avec lui, que du dogme rigide de Josyane, préférait changer de conversation ou laisser son amie s'enivrer de ses discours jusqu'à plus soif, jusqu'au moment où elle commençait à se coller contre elle et à suggérer de passer à d'autres exercices qui n'appartenaient pas encore, à cette époque, au domaine d'un militantisme actif. Quand elle rentrait place Daumesnil, elle savait en sortant de la bouche de métro si Antoine était là, car de sa fenêtre entrouverte parvenaient les sons graves de la guitare de Jimi Hendrix ou la voix agressive de Mick Jagger. Un après-midi en rentrant de la Cinémathèque, ce ne fut pas de la musique qu'elle entendit mais, dès qu'elle fut dans l'escalier, la voix de sa mère en colère. Elle comprit que Mao, le petit chat qu'Antoine avait amené une quinzaine de jours plus tôt, en était la cause. Madame Desmoulins avait toujours été très stricte avec son refus d'héberger un animal domestique, et depuis que ce chaton de trois ou quatre mois — soi-disant la mascotte du petit groupe des « chevelus » — était là en dépit de l'interdiction, le conflit entre la mère et le fils s'était encore aggravé.

Apolline n'osa pas entrer et demeura l'oreille collée à la porte.

— Je t'avais prévenu, hurlait madame Desmoulins, je t'avais prévenu que si ta bestiole cassait encore quelque chose chez moi, je la jetais à la rue avec perte et fracas !

— Maintenant tu es contente, hein ? Tu vois ce que tu as fait ! Regarde-la, la bestiole, la tête explosée sous un pneu de bagnole, hein ? comme un Viet écrasé sous les bombes des crapules yankees !

(Antoine avait beaucoup changé en grandissant. Il parlait fort mais sans crier, lentement, presque d'un ton traînant, en articulant toutes ses syllabes comme pour mieux les projeter tout entières au visage de ses interlocuteurs.)

Tout ça pour épargner tes saloperies de bibelots de bourgeoise parvenue qui pue le fric. Tout ça pour te venger de moi. Une belle façon d'avoir l'impression de me flanquer moi aussi sous les roues d'unc bagnole, non ? Jamais tu n'as pensé une seconde à ce qui me faisait plaisir, jamais tu ne m'as écouté que pour me rabrouer et m'imposer le contraire de ce à quoi j'aspirais. Pour toi, faire plaisir à tes mômes, c'est d'abord te faire plaisir à toi et ensuite en avant ! « Suivez-moi ! sinon vous allez faire de la peine à maman qui se saigne pour vous, bande d'ingrats ! ».

— Mon Dieu, c'est bien le démon qui a poussé dans mon ventre pour me punir, geignait-elle en se tordant les mains. Et maintenant je bois le calice jusqu'à la lie. Continue, mon fils, insulte ta mère, traîne-la encore dans la boue, accuse-la de tous les maux de la terre...

— Inutile de me jouer ta comédie de merde, poursuivit-il sans hausser le ton. Tu as tué délibérément, un point c'est tout, en connaissance de cause, comme tu as assassiné mon enfance. J'ai une mère criminelle et je me casse d'ici. Tiens, signe-moi ce papier d'autorisation de sortie du territoire que je tiens prêt depuis de longs mois. Je n'ai qu'un sac à prendre et tu n'entendras plus jamais parler de moi.

Derrière la porte, Apolline tremblait de tous ses membres et, incapable de se décider à ouvrir pour affronter la tempête, elle alla s'asseoir à la terrasse de la brasserie du rez-de-chaussée. Elle se sentait lâche, les paroles d'Antoine la renvoyaient soudain à toutes ces années durant lesquelles, parce qu'elle ne s'opposait pas à sa mère, elle lui apportait implicitement son alliance et excluait son frère un peu plus de tout ce que représentait la vie dans cet appartement, le poussait vers la mise en pratique de ses idées alors qu'elle, la fille surdouée, n'avait jamais cessé de mener ce double jeu si répandu, si banal, entre les idées affichées — pleines d'indignation, de leçons portées sur tout — et le vautrement passif, rassurant, dans la goinfrerie de la société d'abondance, qui équivaut à apporter sa caution à celle-ci. Elle était dans ses pensées à ressasser ses regrets, ses sentiments de culpabilité, quand elle s'étrangla en avalant une gorgée de son lait-rhum et partit d'une sonore quinte de toux en voyant Antoine, un grand sac marin sur le dos, sortir précipitamment de l'immeuble, passer devant elle de l'autre côté de la vitre

(sans la voir),

s'engouffrer dans la bouche de métro et disparaître à la vitesse d'un météore. Elle se leva avec une vivacité qui fit se retourner les gens tellement cela paraissait insolite que cette énorme fille pût se mouvoir avec autant de nerf, comme si elle avait été frappée d'une décharge électrique, mais elle comprit en atteignant le haut de l'escalier du métro que c'était trop tard, qu'elle ne reverrait jamais Antoine.

Apolline n'a jamais oublié cette affreuse soirée

qu'elle avait terminée en pleurs, barricadée dans sa chambre, maudissant sa mère pour son égoïsme forcené et se maudissant pour sa faiblesse. Aujourd'hui, vingt-huit ans après, elle se rend compte que rien n'a changé : alors qu'elle se réjouit de la résurrection de son frère, sa mère ne pense qu'au seul plaisir égoïste d'être grand-mère.

— Ça te fait une belle jambe à ton âge, dit-elle, tout à coup rogue. Tu es passée à côté de ton fils, tu veux te rattraper avec tes petits-enfants ?

— Mais Apolline, je ne te comprends pas...

— Ce n'est rien, excuse-moi, maman. Je pensais à Antoine, c'est tout. J'ai imaginé si longtemps qu'il était peut-être mort ! Je suis fatiguée par mon voyage à Lyon, je vais rentrer. A-t-il mentionné une adresse au moins ?

— Non, il a seulement écrit qu'il se manifesterait bientôt. Mais le paquet est posté du Finistère.

Il y a sur le fromage une étiquette ronde avec un nom typiquement breton, mais ce n'est pas le même nom de lieu qui est inscrit sur l'oblitération postale du paquet qu'Apolline a regardé chez sa mère, d'un air indifférent tout en le gravant dans sa mémoire immédiate. À peine sortie, elle l'a noté sur un coin de page de son agenda pour ne pas l'oublier. Elle a aussitôt l'idée d'envoyer une lettre là-bas, comme une bouteille à la mer, ...

... car tout est possible avec Antoine, et surtout qu'il ait changé de nom au cours de ses pérégrinations en Amérique du Sud. Quand il a disparu, elle s'est doutée que c'était là sa destination, de préférence à l'Afrique et à ses foyers de crise. Mais après ? L'année suivante, un jeune intellectuel, fils de la grande bourgeoisie française et alors acquis aux idées guévaristes, avait été arrêté par la junte militaire du général Barrientos et condamné à trente ans de prison, puis Che Guevara lui-même était mort exécuté, et il avait fallu ces événements pour qu'Apolline mesurât les dangers qu'encourait

Antoine s'il avait effectivement rejoint la guérilla quelque part dans les montagnes de Bolivie. Sur ses supplications, madame Desmoulins avait finalement averti les autorités qu'elle était sans nouvelles de son fils depuis plus d'un an et qu'elle craignait qu'il se fût « mêlé aux exactions révolutionnaires », qu'il croupît dans les prisons boliviennes ou bien qu'il fût mort, et elle avait prié le Quai d'Orsay de se renseigner afin de « soulager l'angoisse d'une mère, quoi de condamnable qu'ait pu commettre mon fils ». Ses appels avaient été entendus, un rond-de-cuir assez élevé dans la hiérarchie du ministère avait même daigné la recevoir, ce qui était la moindre des choses pour la veuve d'un Compagnon de la Libération et ancien déporté, mais toutes les démarches entreprises auprès du gouvernement bolivien s'étaient soldées par des échecs. On ne connaissait pas Antoine Desmoulins, l'enquête avait bien démontré qu'il avait quitté la France exactement le 10 du mois de juillet de l'année précédente, par un vol de nuit, mais c'était pour São Paulo, pour le Brésil et la botte militaire du maréchal Castelo Branco bientôt suivie de celle du général Costa e Silva, et non pour la Bolivie du président Barrientos où sévissait la guérilla. Dès l'instant où il était descendu de l'avion d'Air France et avait posé le pied sur l'aéroport de Viracopas, à une heure de voiture de la mégalopole brésilienne, on avait perdu sa trace. On ne savait pas qui il avait rencontré au Brésil, ni s'il y était resté longtemps, et l'on pouvait construire tous les romans. Apolline ne s'en était jamais privée, bien que tous ses scénarios eussent abouti à des impasses ou à une funeste conclusion, en désespoir de cause et faute sans doute d'être capable de les nourrir, par manque de connaissances — trop superficielles, ou trop livresques — quant à la géographie et à l'histoire de ces pays, quant à leur réalité politique, autant d'éléments indispensables qui lui faisaient défaut pour prétendre offrir aux aventures d'Antoine un décor solide.

Ce soir-là elle se met en tête de chercher dans ses albums de photos des témoignages du passé, qu'elle s'est peu à peu annexés

(après l'insuccès des démarches diplomatiques qui l'a presque habituée à l'idée de la disparition définitive de son frère, alors qu'elle habitait encore chez sa mère),

au point qu'il ne devait quasiment plus y avoir de photos d'Antoine dans les affaires de madame Desmoulins, plus de photos d'enfance, plus de photos de classe, plus d'objets, plus de disques, plus rien qui rappelât la présence de ce fils qu'elle semblait avoir gommé de sa mémoire, car elle n'avait pas été dupe, elle avait bien constaté que sa fille lui avait dérobé tout ce qui maintenait dans l'appartement le souvenir d'Antoine et elle avait fait comme si elle ne voyait rien, trop contente que tout disparaisse de sa vue comme par miracle, sans qu'elle ait elle-même à intervenir.

Apolline s'attarde avec tendresse sur un portrait d'Antoine souriant, adolescent rebelle mais pas encore engagé sous la bannière d'un combat politique, les cheveux pas encore très longs, le regard encore tourné vers l'enfance, et elle ne peut réprimer la résurgence de l'obsession qu'elle a entretenue pendant des années

(après le jour où elle avait fait connaissance avec le sexe turgescent et hideux du docteur Denis), lorsqu'elle s'était mise à scruter les transformations physiques d'Antoine alors à peine âgé de douze ans, et que celui-ci, qui avait fini par s'en apercevoir au fil des mois, lui avait soudain caché sa nudité enfantine, refusant désormais de prendre son bain si la porte n'était pas fermée à clé, jusqu'au jour où

(c'était le dernier automne qu'il passait chez sa mère, il avait seize ans et demi et affichait déjà ses idées derrière une beauté farouche)
Apolline, très concentrée sur une page de *La Part maudite*, l'avait vu surgir comme un beau diable, entièrement nu et le sexe raide qu'il branlait en la regardant avec insolence.

— Alors, salope, c'est ça que tu voulais voir? avait-il dit d'un ton méchant, avec cette calme lenteur qui le rendait presque inquiétant. Vas-y, admire le truc, ça t'en bouche un coin! Grosse naïve, va! tu crois que j'avais pas décelé ton petit manège de grosse voyeuse?

Et il avait virevolté devant elle qui était restée prostrée, sans voix, honteuse non seulement d'avoir été démasquée mais de subir cette scène humiliante, car Antoine, qu'elle trouvait dans le même instant odieux et magnifique, démoniaque et si attirant, continuait son ballet érotique, se trémoussant devant elle en la fusillant des yeux, dirigeant vers elle ses gestes masturbatoires comme s'il la visait avec une arme, pour finir par souiller le parquet bien ciré, juste à ses pieds, dans un rire diabolique de victoire et de plaisir.

— C'est pas cher payé le spectacle ! avait-il ricané. Imagine que c'est un crachat ! Pour la peine, tu nettoieras le beau parquet de maman.

Et il s'était enfermé dans la salle de bains où, tout en prenant une longue douche, il braillait la mélodie saccadée de *Get off of my Cloud* des Rolling Stones dont il appréciait déjà l'esprit vindicatif, mais Apolline se souvient que c'était à cette époque-là qu'il avait aussi acheté plusieurs disques de folklore sud-américain — avec de l'argent qu'il volait à sa mère — et qu'il aimait siffloter *El Condor pasa*, ce fameux morceau traditionnel péruvien dans lequel le rapace symbolisait l'Inca en révolte contre l'envahisseur et oppresseur espagnol, et qui exaspérait madame Desmoulins.

— Voilà le condor qui passe, repasse et n'en finit pas de passer, avait-elle un jour ironisé d'une voix un peu trop forte.

— Fais gaffe, parce qu'à force de repasser, il ne te loupera pas ! avait menacé Antoine en faisant irruption, paré d'un sourire insolent, dans la cuisine où elle n'avait opposé qu'un visage interloqué, car parfois elle avait peur de son fils, craignait cette voix capable de rester aussi étale dans l'horreur, ce masque troublant qu'il affichait et derrière quoi elle imaginait les plus noirs desseins. Elle ne répondait que rarement du tac au tac, préférant à une escalade qui risquait de n'être pas que verbale un repli prudent habillé d'un air offensé et de soupirs outragés.

Toutes ces images et ces mots ressuscités remuent tant Apolline qu'elle ne voit pas l'heure passer et en oublie les exigences de l'estomac, que seules des émotions terribles et rares ont la force d'endormir. Elle se surprend à n'avoir pas faim et va se coucher sans manger, bouleversée par ce passé enfoui qui refait surface comme dans un film d'épouvante, tel un corps que l'on croit englouti depuis des lustres dans les profondeurs noires d'un lac et qui, quand on ne l'attend plus, jaillit soudain hors de l'eau, les yeux exorbités, et fait chavirer la barque. Elle ne cesse de tourner et retourner sa corpulence dans le lit et garde les yeux grands ouverts, ne parvient pas à s'endormir, et vers trois heures du matin elle se lève, va boire un verre d'eau, puis se met à son bureau pour rédiger cette lettre dont elle a eu l'idée, d'un seul souffle, sans hésitation ni rature, comme si elle en portait depuis longtemps la substance au fond d'elle-même.

«Mon cher Antoine, tu t'es donc manifesté auprès de maman. J'ai eu quelques mots avec elle, à ton sujet, et je l'ai quittée avant même de pouvoir lire ce que tu lui as écrit, ce qu'elle ne m'avait d'ailleurs pas proposé après m'avoir annoncé la nouvelle. Sache qu'il ne s'est pas passé une journée depuis l'été 66 que je n'aie au moins une fois, à un moment ou à un autre, pensé à toi et à tous les torts que j'ai accumulés envers toi pendant notre jeunesse. Beaucoup de choses sans doute

nous séparaient, mais je reconnais m'être conduite sans courage, même avec veulerie. À ma décharge, je plaiderai que j'ai toujours voulu, à tort ou à raison, ménager maman qui n'avait pas la vie facile, seule pour élever deux enfants, même si les soucis d'argent lui étaient épargnés "grâce à son capital puant" pour reprendre tes mots d'alors. En la ménageant, j'avais conscience de te sacrifier, mais jamais je n'ai imaginé à l'époque que ce sacrifice pût provoquer en toi une aussi terrible blessure. J'ai reproché à maman d'être passée à côté de toi sans chercher à te connaître vraiment, moi je me reproche d'être passée à côté en te connaissant, ce qui est pire. Si en réapparaissant, tu signifies que tu as pardonné à maman tout ce qu'elle t'a fait, c'est bien. Je ne sais pas encore si ma complicité avec elle est absoute dans ton cœur, mais j'espère te revoir bientôt et je t'embrasse tendrement, Apolline, ta sœur. »

Elle descend à la cuisine ajouter sur l'enveloppe
(qu'elle ferme et timbre aussitôt après)
le nom du village et celui de la localité d'oblitération qui comporte un code postal
(dont elle a dû demander le détail aux renseignements téléphoniques, auprès de qui — la voix est neutre, comme synthétique, mais pas hostile — elle en profite pour s'enquérir, à tout hasard, de l'existence d'un abonné du nom d'Antoine Desmoulins. Négatif. Liste rouge? pas de téléphone plutôt!),
puis, prise soudain d'une lancinante fringale, elle avale le fromage de brebis en deux bouchées — il est bon, « mais nous aurions pu être empoisonnées,

maman et moi, ça n'aurait été que justice ! » plaisante-t-elle en se pourléchant et en regrettant qu'il n'y en ait qu'un — et, se souvenant qu'elle n'a pas dîné, elle fait chauffer le contenu d'un bocal de confit de canard, pendant qu'elle cherche à localiser K. dans un vieil atlas routier qui date de Moncef, à découvrir si ce village est en bordure de l'océan ou dans l'intérieur des terres. Elle commence à rêver de séjours en famille dans le Finistère, et le visage de Moncef lui revient comme ça, dans un éclair, sans crier gare, en train de lui demander ce que signifie le *Laus tua in fines terræ* gravé au fronton d'une petite église de Bruxelles, pendant ce voyage en Belgique qu'elle considère comme le plus bel épisode de sa vie. Moncef s'évanouit aussi vite qu'il est apparu et tandis qu'elle mastique sans conviction, elle se transporte à nouveau dans un imaginaire hameau breton, tout près d'une falaise d'où l'on domine les tempêtes, et elle se projette en vieille Apolline bretonne choyée par une ribambelle de neveux et nièces comme une divinité domestique, au sein d'une famille reconstruite, faisant la nique à la provençale Ennemonde en qui elle jalouse, depuis qu'elle a lu le récit de Giono, la « vieille reine » obèse entourée de l'amour des siens et en qui elle voit un idéal pour des vieux jours pressentis sans joie.

Sergio, un ami de Jean-Baptiste, vient la chercher le soir de la fête donnée en son honneur et, ses cheveux noirs et soyeux ordonnés en une épaisse natte dont l'extrémité se balance contre ses fesses, elle s'habille d'une immense robe longue d'un rouge écarlate parsemé de motifs dorés, qu'elle a confectionnée elle-même

(par phobie des ghettos, elle ne fréquente que rarement, tout juste pour certains vêtements comme manteaux ou imperméables, un magasin spécialisé dans les tailles «ronde», «très ronde» et «très très ronde» créé par une star de l'obésité assumée et revendiquée)

et qui la fait ressembler à une cantatrice prête à entonner un air de tragédie. Le large poncho qu'elle jette ensuite sur elle juste avant de sortir est presque de trop tellement la douceur règne en cette fin de novembre, et elle s'engouffre dans la voiture.

— Tu sens bon la violette ! dit Sergio en démarrant et en actionnant aussitôt le bouton du chauffage.

— Je suis un peu fatiguée de ce parfum, mais je ne trouve rien d'autre qui m'enchante autant et chaque fois que je me décide à changer, je reviens à ma chère violette. Coupe ce chauffage, veux-tu, je vais arriver en nage !

— Tu sais, ce soir, ce sera particulièrement bien chauffé chez Jean-Baptiste, répond-il mystérieux.

Elle n'éprouve pas pour Sergio une sympathie débordante, elle ne le supporte que parce qu'il est un ami de Jean-Baptiste, son petit ami peut-être, elle n'en sait rien et elle s'en moque ; puisqu'on ne lui dit rien là-dessus, ce n'est pas elle qui va aller faire la curieuse, essayer de s'enquérir d'un détail qu'on ne lui communique pas. La seule chose qui l'inquiète, c'est que Jean-Baptiste ne soit pas malade et, quitte à passer pour une radoteuse, elle ne cesse de proférer des conseils de prudence, non seulement à lui, mais aussi à ses amis lorsqu'elle les rencontre. « On ne sait jamais, pense-t-elle, des fois qu'ils ne prendraient aucune précaution et que Jean-Baptiste, dans un moment d'égarement, s'abandonne à des plaisirs dangereux... » Elle ne le connaissait pas depuis deux ans que l'intrusion de cancers de la peau, incongrus chez de jeunes hommes, et de diverses maladies, habituellement guérissables mais conduisant soudain à de spectaculaires amaigrissements et à la mort, avait commencé à menacer le paradis sexuel instauré dans la précédente décennie. « Quelle misère, disait Jean-Baptiste, à quoi bon se donner tant de mal pour combattre le puritanisme et les préjugés si une saloperie microscopique peut tout remettre en cause, et redonner du poil de la bête à tous les hypocrites culs-bénits et autres branleurs fascistes. » Apolline, avant même que le virus fût isolé, avait préconisé non pas l'abstinence mais la prudence, la prévention, et incité son ami à éviter tout contact liquide avec ses partenaires. « Tu dois m'écouter, insistait-elle. Fais-moi confiance. Ces hommes et ces garçons ne meurent pas par hasard, il y a forcément un lien entre toutes ces morts, qui n'est pas l'homosexualité des victimes mais quelque chose qui se transmet, je ne sais pas moi, un virus par exemple. Et qui se transmet par le contact, pas par l'air que tu respires... » Le 19 novembre 1983, elle avait brandi un hebdomadaire et lu plusieurs fois à voix haute, en articulant bien dans les oreilles de Jean-Baptiste les propos d'un éminent virologue anglais qui expliquait que « le sida est bien un phénomène d'affaiblissement général des défenses naturelles du corps humain, très probablement causé par un seul et unique agent, transmis par contact intime ou par transfusion de sang. Nous n'avons pas encore réussi à identifier cet agent ». Jean-Baptiste l'avait écoutée, mais avait essayé de minimiser les risques encourus. Un de ses amis connaissait un médecin, réputé spécialiste de la question, qui affirmait que le sida n'était pas une maladie très contagieuse, qu'il y avait moins de cent malades en France. Il se vantait d'avoir vu certains de ses malades se débarrasser de la maladie et mener à nouveau une vie normale. Il avait même proposé de montrer à la télévision un malade guéri. Jean-Baptiste s'appuyait sur une interview où il insistait sur le caractère souvent bénin que revêtait la maladie. « Je refuse ce genre de démagogie, avait répondu Apolline. Quand les conséquences sont aussi graves, c'est abject de flatter les gens en leur disant ce qu'ils veulent entendre. De toute façon, ton toubib a une démarche antiscientifique, qu'il aille se recycler ailleurs ! Car dès lors qu'on ne sait pas grand-chose sur ce phénomène du sida mais qu'à l'évidence la vie humaine est en jeu, il faut s'en tenir à l'hypothèse la plus pessimiste et à ses conséquences. En l'occurrence, comme l'on s'accorde à penser que les voies de transmission sont le sperme et le sang, il est inadmissible que le corps médical ne conseille pas aux gens de se préserver lors des contacts sexuels ! » Jean-Baptiste avait été grâce à elle l'un des premiers, dès cette époque, à modifier ses pratiques et à utiliser un préservatif lorsque la situation l'exigeait. Au fil des ans, en voyant la progression de la maladie et de la mort, Apolline s'était félicitée d'avoir eu ce flair

(qu'elle considérait juste comme le résultat logique d'un raisonnement déductif à partir de données claires d'accès pour quiconque lisait les journaux)

et surtout d'avoir réussi à ranger Jean-Baptiste à son avis.

— Tu fais toujours bien attention ? ne peut-elle s'empêcher de demander à Sergio, qu'elle trouve un peu fatigué, les traits tirés.

— Mais oui ça va ! fait-il, un peu brusque, avant de se radoucir : c'est vraiment une obsession chez toi, « fais attention ! fais attention ! » mais bien sûr que je fais attention...

Il détourne un bref instant ses yeux de la route pour déposer un baiser sur la joue d'Apolline. Il se met à lui raconter les tensions qu'il a dans son travail. Le service qu'il dirige dans une petite boîte est menacé de disparaître.

— On vient de licencier quelqu'un de mon équipe en me prévenant au dernier moment. Les petits spéculateurs qui possèdent la boîte ont fait des erreurs de gestion colossales, investissant les bénéfices dans des opérations immobilières au lieu de penser à investir dans des idées nouvelles, à imaginer une diversification des secteurs d'activité pour le cas où le marché serait moins favorable.

Maintenant que ça va mal, ils sont criblés de dettes à cause de leurs emprunts immobiliers et c'est le personnel qui trinque.

— C'est de ça que la société mercantile actuelle va crever, dit Apolline. Les gestionnaires prennent le pas sur les imaginatifs, ce qui est logique, parce qu'un jour, quand même, il faut bien s'apercevoir que la surenchère de camelote qui fait tourner le monde arrive forcément à des limites difficiles à franchir. Un jour vient où l'on ne sait plus quoi imaginer pour faire circuler l'argent. Il ne reste que la spéculation et ses richesses fictives, dernier bastion du monde marchand dans toute son horreur et son absurdité.

— Tout cela est dégoûtant, coupe Sergio dans un éclat de faux rire, mais toi tu t'en fous, tu es fonctionnaire... Horreur ou absurdité, nous ne changerons rien à rien, alors amusons-nous. Et passons derrière le masque des apparences, engouffrons-nous dans l'antre du vice !

Lorsque Sergio range la voiture dans le garage souterrain de l'immeuble, Apolline émet un soupir de malaise, de réticence, comme si ces derniers mots avaient rallumé ses regrets d'avoir accepté l'invitation à cette soirée, les avaient même attisés avec tant d'intensité qu'elle demeure clouée sur son siège, le corps immobile, le regard fixe semblant scellé dans la pierre d'un profond refus.

— Eh bien, que se passe-t-il ? interroge Sergio en lui ouvrant la portière. Tu ne vas pas te dégonfler ?

Le mot paraît la décrisper, qui lui extorque en

effet un sourire et l'arrache à cet instant de pétrification, mais elle se lève sans enthousiasme, « sainte Apolline vierge et martyre marchant au supplice », songe-t-elle pour tenter de se dérider tout à fait et de retrouver son entrain, car il lui manque le désir sincère d'aller se mêler aux jeux du dernier étage, l'envie de rencontrer des gens pour lesquels elle ne ressent a priori aucune estime, plongée qu'elle est dans la certitude que leurs fantasmes n'ont rien de commun avec les siens, bien qu'elle s'avoue avoir souvent été intriguée, curieuse de voir la scène, prête à implorer qu'un tour de passe-passe transforme son encombrante monstruosité en minuscule corps de souris ou en légère enveloppe d'invisible fantôme se faufilant, voyeur, à travers tous ces suppôts de Sodome, Gomorrhe et autre Sybaris. Elle s'extirpe enfin de la voiture, au grand soulagement de Sergio qui en profite sans perdre de temps pour la pousser vers l'ascenseur, avant qu'il lui prenne la fantaisie de changer d'avis et de se planter là, dans ce sous-sol sinistre, de se buter comme un gros pachyderme têtu que le cornac, sous l'œil goguenard ou agacé d'un officier de l'armée des Indes dans quelque film de série B des années 30, s'ingénierait à faire avancer par ses exhortations criardes ou ses vociférations résignées. Sans un mot, elle précède Sergio dans l'ascenseur, l'irruption de ses cent trente kilos déclarés

(elle pèse peut-être un peu plus actuellement, annonce qu'elle ne dépasse jamais cent trente comme par coquetterie) provoquant aussitôt un brusque et léger mouvement d'enfoncement de l'appareil. Que celui-ci commence à s'élever dans les étages la soulage, comme si rien de mauvais ne pouvait se passer dès lors que l'on file vers les hauteurs car, pense-t-elle, « a-t-on déjà entendu dire que l'on montait vers les bas-fonds, que l'on planait dans le stupre, que l'on s'envolait dans le vice ? », mais elle tressaille à l'idée que l'on ne peut pas non plus inverser les symboles impunément, et que celui de l'ascension vers les cimes ne peut ainsi servir de véhicule aux basses manifestations de l'instinct et du désir, qu'il y a quelque chose de sacrilège à offrir aux ténèbres les voies de l'éther, réminiscence de l'intérêt qu'elle a porté pendant plusieurs années à l'ésotérisme et au monde des symboles...

... en un temps de sa vie, avant qu'elle ne rencontrât Jean-Baptiste, où cela lui avait été un réconfort contre une solitude du cœur qu'elle ne supportait plus. Tout un courant de la philosophie dans lequel longtemps elle ne s'était pas reconnue s'était révélé son meilleur allié contre le sentiment amer d'une inaptitude au bonheur, contre la conviction d'être victime d'un mauvais ciel. Apolline n'avait reçu qu'une éducation religieuse sommaire, celle du catéchisme, et n'avait découvert l'essence des religions qu'au fil de ses lectures personnelles. Ce n'avait été d'abord qu'un thème culturel parmi tant d'autres, jusqu'à ce qu'elle se penche sérieusement sur soi, sur le sens de la vie non pas dans ses généralités abstraites mais dans la réalité de son individu, sur la notion de destin qui semblait parfois se jouer des constructions rationalistes les plus persuasives, sur les réponses décevantes que la Raison apportait à l'imprévisible valse des émotions et à l'insondable gouffre de l'âme. Ainsi Apolline avait-elle un jour relu avec d'autres yeux Platon, les stoïciens et tout ce que les marxistes rangeaient avec une sorte de mépris, par opposition à leur vérité matérialiste, sous le terme de philosophes idéalistes, et elle s'était jetée de tout son poids dans l'étude désordonnée des livres saints, de la Bible et du Coran, des Évangiles et des textes laissés par les Pères de l'Église, cette plongée dans la spiritualité l'ayant peu à peu menée vers toutes les dérives ésotériques et hermétiques de l'enseignement spiritualiste, voire spirite. À la fin des années 70, elle s'était adonnée à ses recherches dans le plus grand secret, tâchant de ne se point trahir devant ses amis ou devant madame Desmoulins, non qu'elle eût honte de ses nouvelles croyances, mais elle considérait qu'il s'agissait là d'un travail intime de sauvetage de soi qui ne concernait personne d'autre qu'elle, surtout pas sa mère qui, pensait-elle, se serait employée à démonter ses espérances et ses certitudes toutes neuves. Cela n'empêchait pas Apolline d'afficher les mêmes idées qu'auparavant dans sa perception du monde, et elle s'amusait parfois à faire dialoguer les deux tendances antagonistes (dogmatiques ?) qui cohabitaient en elle et qu'elle se plaisait à réconcilier.

— Occupe-toi de la justice entre les hommes, disait en substance la spiritualiste. Lutte pour donner à chacun les éléments indispensables au bonheur matériel, pour que cesse l'exploitation de nations entières par une poignée d'autres, et de la plus grande masse des êtres humains par un commando international de requins.

— Compte sur moi, répondait l'autre. Même si les innombrables victimes de l'exploitation semblent ne plus m'écouter, comme si tu leur avais inculqué la résignation et le sens de la fatalité jusque dans la vie matérielle, même si je suis condamnée quelque temps à prêcher dans le désert, je ne désarme pas, et je te laisse volontiers l'empire des états d'âme.

— N'oublions jamais que nous sommes sœurs jumelles au service des hommes. Nous ne nous sommes que trop longtemps querellées sous des prétextes fallacieux semés entre nous comme autant de pommes de discorde par ceux qui ont intérêt à nous diviser pour ramasser pouvoir et dividendes, alors que nous sommes faites pour agir de concert, chacune dans son domaine, pour vaincre les puissances de l'Enfer qui règnent sur la terre et rétablir l'Âge d'or dans son initiale souveraineté.

Dans les années où elle se perdait dans ces conversations fictives qui excitaient son imagination, Apolline quittait la réalité des choses, elle ne se possédait plus, elle n'avait plus la conscience de soi, elle décollait comme une enfant envoûtée par un conte de fées et devenait grand horloger d'un monde d'amour et de paix qui ressemblait au Paradis sur terre.

Quand ils sortent de l'ascenseur, une odeur diffuse de chocolat règne sur le palier du septième étage et cela éveille aussitôt les sens d'Apolline qui ne peut s'empêcher d'inspirer plus fort en dilatant ses narines.

— C'est donc bien vrai ! dit-elle dans un large sourire. Le chocolat sera de la fête.

Sergio ouvre la porte blindée, pousse Apolline devant lui dans une entrée aux allures de sas et aux parois entièrement rembourrées de capiton pour l'isolation sonore, et referme soigneusement. Quelques bruits très ouatés, que l'on n'aurait pas pu discerner de l'extérieur de l'appartement même en tendant l'oreille, filtrent

(mais avec plus de discrétion que les puissantes effluves de cacao qui imprègnent l'air)

à travers une autre porte sur la droite, d'où Jean-Baptiste surgit soudain entouré de deux jeunes filles sveltes et deux garçons gracieux, qui seront chargés d'assurer toute la soirée le service des boissons et des plateaux de victuailles préparés dans l'après-midi. Ils sont tout juste vêtus d'un tablier bleu noué à la taille et qui recouvre le devant de leur corps de la poitrine aux genoux en dénudant le dos ainsi que la cambrure des reins jusqu'à la limite des fesses dont la raie peut parfois apparaître au hasard de leurs mouvements et qu'Apolline fixe en fronçant les sourcils, mais un sourire en coin, comme si elle voulait exprimer à la fois l'opprobre et l'amusement sans permettre que l'on choisisse entre les deux sentiments.

— Ça par exemple ! se contente-t-elle de dire.

— Oh ! je t'en prie, pas tant de simagrées, ce n'est pas ça qui va te choquer, toi qui vis à poil les trois quarts du temps ! s'exclame Jean-Baptiste, plus sensible sans doute au froncement de sourcils de son amie qu'à son sourire. Mais laisse-moi plutôt te regarder, tu es superbe, une vraie diva ! Ma cocotte, tu vas faire sensation en pénétrant dans le cénacle.

Ils s'engagent dans un couloir menant à un immense séjour où Apolline découvre une vingtaine de personnes qui emplissent l'espace dans toutes les positions, debout près du vaste plateau de verre occupé par les plats et les boissons, assises dans fauteuils et canapés, allongées sur les larges sofas ou à même les épais tapis qui recouvrent les trois-quarts du parquet ; ici un costume taillé sur mesure devise avec une vieille petite fille à moitié dévêtue, là un maillot de bain offre une coupe de champagne à une robe du soir, une rivière de diamants reçoit les œillades d'une paire de lunettes cerclées d'écaille, une bedaine poilue tente d'engager la conversation avec une paire de fesses qui dépasse d'un tablier ; et autres tableaux qu'elle n'est pas vraiment étonnée de découvrir. Deux culturistes hypertrophiés comme des figurines du dessinateur Tom of Finland déambulent nus en se pavanant, des trouvailles de Jean-Baptiste pour exciter les appétits, un Antillais de près de deux mètres avec un sexe mou et monstrueux et de minuscules mollets, et l'autre très vulgaire

(assez petit mais le sexe, lui aussi, très volumineux)

avec des airs de la chanteuse anglaise Bonnie Tyler, idée de ressemblance qui fait éclater de rire Apolline soudain remarquée par tous, qui cessent leurs jeux, abandonnent leurs perspectives de stratégie, pour écouter le maître de maison présenter son invitée privilégiée, puis pour applaudir, venir lui serrer ou baiser la main, l'entourer, la contempler, prévenus qu'ils ont tous été de sa présence et curieux

(n'ont-ils pas aussi payé pour ce fantasme-là ?)

de savoir qu'il pourront reluquer, toucher, palper

(et peut-être plus encore)

une matrone digne de la pulpeuse Edra Gale, la Saraghina fellinienne de *Huit et demi*, ou qui sait ? de Maria de Sisti, la monstresse du bordel de *Satyricon*.

— Ne vous inquiétez pas, articule Jean-Baptiste avec lenteur, en traînant bien sur chaque syllabe. Apolline aura plaisir à converser avec chacun de vous, seul ou à plusieurs ! Vous savez que tout est permis ici du moment que l'on s'amuse dans la connivence. Rien n'est interdit mais rien n'est obligatoire non plus. Et maintenant, laissez-vous aller à ces heures de liberté prises sur les contraintes de l'existence et de son code, profitez de cette bulle où il n'est de règle que la satisfaction du désir de chacun dans le respect des autres.

Il n'est que neuf heures et la soirée, bien engagée pour certains qui semblent des habitués tant ils sont à l'aise dans l'exhibition précoce de leur nudité, a encore besoin que se vident des verres et que se dégarnissent les plateaux de victuailles pour se transformer peu à peu en ce que les participants attendent, ...

... en ce pour quoi ils sont réunis et qui exige de la plupart d'entre eux qu'ils se débarrassent de leur masque car

(a maintes fois expliqué Jean-Baptiste à son amie),

« l'erreur consisterait à regrouper lors de chaque fête les mêmes personnes, les mêmes couples, à se contenter de changer les appâts, tel jour des joueurs de rugby ou de basket, la fois suivante des haltérophiles ou des nageurs, une autre fois des filles pratiquant le judo ; non, cela ne suffit pas, il faut que l'excitation, donc le succès de la fête, naisse aussi des blocages initiaux des invités, du temps qu'ils mettront à se dégripper, à se décontracter, à perdre leurs inhibitions, à ôter le dernier costume qui les rattache aux convenances de la vie sociale qui structurent leur conduite et musèlent leurs envies trop longtemps abandonnées à un état larvaire dans les arrière-boutiques obscures et délaissées de la conscience».

On se presse devant le buffet où les éphèbes et les nymphettes apportent toutes sortes de mets froids et chauds, divers poissons en gelée tranchés et accompagnés de sauces subtiles, comme dans les cocktails mondains, et des viandes grillées, comme dans une populaire *churrascaria* brésilienne, sauf qu'ici elles sont coupées en petits morceaux pour que les invités puissent piquer leurs bouchées d'agneau, de volaille, de bœuf ou de porc caramélisé sans être obligés de transporter des assiettes, ce qui n'empêche pas certains de garnir un petit plateau avec assiette, verre et couverts, de s'installer dans un coin de la pièce, de se restaurer tout en scrutant le décor, les allées et venues des uns et des autres, et de participer à la lente décrispation qui s'opère comme un dégel, comme une fonte des neiges intérieures au fur et à mesure que l'estomac se remplit et que le vin coule dans les gosiers pour se répandre dans les neurones. Entre les plats, des coupes en olivier de Tunisie ou en thuya du Maroc sont remplies de curieux petits sachets hermétiques. Intriguée, Apolline en saisit un pour se rendre compte sans même l'ouvrir qu'il s'agit d'un préservatif. «Bravo, Jean-Baptiste!»

Il n'y a bientôt devant le buffet que la seule Apolline qui s'est très vite détournée du spectacle des gens et s'applique à goûter de tout avec une espèce de conscience professionnelle, avec un sérieux qui n'exclut en rien le plaisir, et tandis qu'elle déglutit un tendre noyau de côtelette d'agneau, l'obsédante odeur de chocolat qui plane revient chatouiller ses narines. Elle déguste pour finir

(provisoirement car il n'y a encore ni fromages ni desserts)

une belle tranche de pâté en croûte dans lequel elle décèle une fine association de ris de veau et de noix de coquilles Saint-Jacques, puis vide son verre de bandol rouge avant de se diriger vers la terrasse que Jean-Baptiste a fait aménager en véranda chauffée et qui agrandit le séjour d'un bon tiers, bien que le centre en soit occupé par un petit bassin circonscrit dans le périmètre circulaire d'un parapet décoré d'une imitation de mosaïque romaine, sur lequel les deux culturistes nus et jusque-là un peu à l'écart, tels des objets qui se méritent, finissent leur assiette en conversant. Ils se lèvent à l'approche d'Apolline et prennent la pose devant elle avec un sourire préfabriqué.

— Je suppose que c'est ça qu'on appelle des tablettes de chocolat ! dit-elle sans se démonter, en promenant un doigt sur les abdominaux proéminents et bandés du grand Antillais. J'avoue que je n'en avais jamais vu de près, et encore moins touché, cela va de soi ! Bravo, c'est impressionnant. En plus, Jean-Baptiste m'a gâtée en vous réunissant : j'ai à la fois la vigueur du chocolat noir et la douceur de la friandise lactée ! Il y a juste une petite chose qui me chiffonne : je ne suis pas une spécialiste, mais vous me paraissez tous les deux manquer de mollets, si je puis me permettre...

Les deux garçons se regardent en riant — « On

ne peut rien vous cacher, vous avez un œil infaillible sur nos faiblesses», commente l'Antillais —, changent de pose dans une explosion de biceps et de pectoraux puis, comme cela est sans doute inclus dans leur contrat, ils se placent de part et d'autre d'Apolline et déposent en même temps un baiser sur chacune de ses joues légèrement rubescentes. Une voix non identifiable par le trio crie «À poil, on la veut à poil!», ce qui ne semble pas la prendre de court car elle saisit chaque culturiste par la main et ainsi flanquée s'avance vers le centre du salon, à deux mètres du grand sofa, en se trémoussant comme une danseuse orientale au rythme de la musique discrète qu'elle n'a pas jusque-là remarquée et qui justement distille des mélopées égyptiennes, en accord parfait avec sa façon langoureuse et lascive de commencer, aidée par ses deux gardes du corps, un strip-tease qui laisse les spectateurs médusés et conquis par son audace et sa grâce incongrue. D'un geste impérial, elle se déleste de ses chaussures, puis de son immense robe rouge et de ses collants noirs, et l'un des éphèbes en tablier s'empare des vêtements tombés au sol pour les aller ranger avec soin, avec cette même souplesse, cette même agilité qui sur un court de tennis rendent transparents

(sauf pour ceux des spectateurs qui n'ont d'yeux que pour leurs cuisses de premiers communiants) les petits ramasseurs de balles. Quand Apolline est nue, un concert d'applaudissements couvre la musique en même temps que l'odeur de chocolat s'amplifie, car Jean-Baptiste, Sergio et les deux nymphettes apportent deux marmites pleines de chocolat chaud qu'ils vont vider tout fumant dans le bassin de la véranda.

— C'était donc ça l'odeur ! s'exclame Apolline. De mieux en mieux !

Deux autres marmites suivent, et déjà des corps se sont rapprochés sur le grand sofa et les tapis, à la faveur d'une habile programmation de l'intensité lumineuse qui s'est peu à peu réduite en substituant à l'éclairage blanc du début des ampoules de couleur, qui elles-mêmes diminuent de brillance pour que règne bientôt une lumière douce, chaude et propre à donner l'illusion de l'intimité ; seul un projecteur qui vise le bassin avec une précision plus violente lance un cylindre de belle clarté comme sur une scène de cabaret, mais il faudrait une paire de jumelles ou même un télescope pour que, depuis le bois de Boulogne qui forme, loin en contrebas, de l'autre côté de la Seine, une insondable masse noire, ou depuis la route qui le longe et à cette heure scintille de phares et de feux rouges, quelqu'un, les yeux par hasard levés vers les hauteurs de Suresnes, soit capable de distinguer des silhouettes sans que cela l'autorise à deviner la signification de leurs gestes et de leurs déplacements derrière le double vitrage fumé de la véranda d'un septième étage.

De l'extérieur, personne donc ne peut voir maintenant une énorme femme nue rire aux éclats, s'amuser comme une folle de l'idée que Jean-Baptiste a eue de préparer ce bain au chocolat, pour y accueillir et plonger son corps si blanc, si laiteux, à la peau si incroyablement lisse.

— Imaginez que je suis Carole Laure dans *Sweet Movie*, s'écrie Apolline en pensant à ce film du cinéaste yougoslave Dusan Makavejev dans lequel la comédienne canadienne se montrait nue dans une baignoire remplie de chocolat, et dont elle se rappelle la projection, une vingtaine d'années plus tôt, dans une petite salle du quartier Saint-Michel, où elle était entrée seule parce qu'elle était passée là en revenant de fouiner dans les rayons des librairies de livres anciens de la rue Saint-André-des-Arts

(qu'à cette époque elle avait pris l'habitude de fréquenter plus volontiers que les librairies modernes où elle ne se rend que pour acheter des titres bien précis dont elle connaît les références, soit qu'elle en ait lu les commentaires dans les journaux ou que ce soit un ouvrage instamment nécessaire, et où elle ne s'attarde pas)

et parce que les photos exposées à l'extérieur du cinéma avaient éveillé sa curiosité.

— C'est bien ce film où il y avait un homme monté d'un phallus en or ! ose une voix noyée dans le sofa.

— C'est celui-là en effet, répond Apolline en testant le liquide chaud du bout d'un orteil, appuyée contre le flanc du grand Antillais pour ne pas perdre l'équilibre. Et il y avait dans ce film, d'ailleurs pas très bon avec le recul, des tas de scènes très provocantes qui ont au moins le mérite de témoigner que les béni-oui-oui de tout poil et de toutes confessions avaient alors un peu rabaissé leur caquet.

— Ils se sont bien rattrapés depuis, croit bon d'ajouter Jean-Baptiste qui lui ramène sa longue natte à l'intérieur d'un bonnet de natation puis invite du geste toute l'assemblée à s'approcher et à faire cercle autour du bassin dans lequel Apolline pénètre en douceur et en poussant de petits cris aigus qui dénotent autant sa réaction à la rudesse du liquide encore un peu trop chaud que sa satisfaction d'aller s'y fondre.

Dès qu'elle est accroupie dans le bassin le cercle se resserre encore, impatient qu'elle se mette en position allongée

(gymnastique éprouvante)

et que le chocolat recouvre tout son corps dont l'immersion amène le niveau de liquide presque à ras bord ; cela fait taire quelques esprits chagrins qui soutenaient, sans mesurer que le volume d'Apolline vaut à lui seul plus de quatre marmites, que cent vingt litres ne suffiraient pas. Est-ce l'effet enivrant des vapeurs de chocolat ? elle baigne dans une euphorie qui gagne autour d'elle et déride les visages les plus coincés, ceux qui expriment encore une réticence à s'abandonner à l'empire de leurs instincts. Elle se sent alors décoller des lourdeurs terrestres et s'évaporer dans des sphères inconnues où tout semble si léger, si facile, qu'elle se croit volatilisée, dissoute dans l'éther d'un rêve bienfaisant qui imprime à la durée des règles nouvelles, comme si elle avait franchi la porte secrète d'une dimension parallèle invisible et insoupçonnée du commun des mortels. Ce sont les images diffuses et furtives d'un autre monde, le souvenir incertain et flou d'avoir visité des contrées étrangères où le temps paraissait flotter, qui l'habitent lorsqu'elle prend conscience qu'elle est confortablement étendue sur des coussins posés sur le tapis dans un angle du salon, auprès d'un petit homme maigriot et libidineux qu'elle n'avait pas remarqué au début

(était-il posté, embusqué dans un coin quand elle est arrivée, discret, ou bien a-t-il rejoint la fête pendant ces moments, ces heures peut-être, de voyage hors de la conscience ?)

et en qui elle reconnaît tout en se renfrognant le professeur Édouard Lejardolli, qu'elle a rencontré autrefois lorsqu'elle était étudiante à la Sorbonne, puis dont elle a croisé le chemin quelques années plus tard

(lors d'un séjour en Tunisie à la recherche des origines de Moncef),

alors que la publication d'un livre d'histoire ancienne pourtant savant, sans grande concession au grand public, l'avait propulsé sous le feu des projecteurs médiatiques.

— La vie est ainsi faite, grommelle-t-il en souriant. Je vais finir par croire qu'en dépit de la multitude dans laquelle nous sommes tous éparpillés, en dépit aussi du calcul des probabilités, il y a des forces souterraines qui remettent en présence les uns des autres des individus que tout aurait dû séparer à jamais.

— Encore faut-il que ces retrouvailles contentent les deux parties, déclare Apolline tout de go, qui s'aperçoit en voulant se relever que non seulement elle est toujours nue, mais qu'elle a été lavée de pied en cap

(il n'y a pas trace de chocolat sur sa peau)

et dégage à profusion un parfum beaucoup plus puissant que son habituelle violette.

— Ce parfum vous va à ravir, dit Lejardolli. Cette fragrance tenace et envoûtante renforce l'attraction qu'exerce votre physique sur un homme comme moi. Je ne saurais dire exactement où et quand nous nous sommes déjà vus et parlé, mais je vous assure que vous étiez bien rangée dans un tiroir de ma mémoire, bien au chaud ; il a suffi qu'en arrivant je vous aperçoive couchée dans votre drôle de bain, seule votre tête hors du chocolat pour vous identifier, pour que mon sang s'échauffe comme à vingt ans.

— Vous allez donc pouvoir m'expliquer ce qui s'est passé, murmure-t-elle en jetant un coup d'œil autour d'elle, où des corps vautrés et entrelacés dorment, d'autres alanguis se caressent encore

(Jean-Baptiste n'est pas là, ni les deux culturistes, ni les deux plus jolies femmes de la soirée, et Apolline pense qu'il les a attirés dans sa propre chambre pour arranger sa petite fête à lui)

et des conversations feutrées à deux ou trois se sont organisées, couvertes par la bande enregistrée qui diffuse de la musique médiévale revenue à la mode.

— Votre parfum, ma chère, c'est de la tubéreuse. Un conseil : adoptez-le.

— Hmm, merci..., mais c'est du déroulement de cette soirée que je vous parle; et sur quoi j'attends quelques explications. D'abord quelle heure est-il? J'ai enlevé ma montre et mes bijoux avant d'entrer dans ce foutu bain, tout le monde était là en cercle à me mater comme un animal de cirque, et maintenant je ne me souviens même plus des quelques flashes que j'avais encore dans le crâne quand je me suis retrouvée à côté de vous! C'est le trou noir, l'absence; je ne sais rien, donc je peux tout imaginer!

— Il est trois heures..., l'épisode du bain a duré vingt minutes à peine, tant que le chocolat a conservé suffisamment de chaleur..., vous étiez épanouie, vous étiez comme l'incarnation d'une divinité antique, une déesse protectrice de la maison venue rendre à ses occupants une petite visite de courtoisie pour se laisser adorer tout en leur assurant par sa présence qu'ils pouvaient compter sur elle...

— Tout cela, maître, est bien théorique; ce sont des détails plus concrets qui m'intéressent!

— Rassurez-vous, dit le professeur, personne n'a manqué de respect à votre personne, vous avez ma parole d'honneur, d'ailleurs vos gros bébés musclés veillaient au grain avec une jalousie farouche, tels les gardiens de la divine statue, afin d'éviter tout débordement, et Jean-Baptiste lui-même officiait à cette cérémonie sensuelle théâtralisée comme un rituel sacré... Ne le prenez pas mal, vous étiez prévenue que vous seriez la reine de la soirée; vous le fûtes, ma chère, car dites-vous que tous les gens ici réunis possèdent ce point commun d'avoir le goût des femmes très très rondes, si vous me permettez ce langage, et pour certains de réaliser enfin un pur fantasme qui souvent était si fort que simplement vous toucher, palper votre chair et découvrir sous le chocolat votre peau laiteuse suffisait à leur exultation.

— Et il était nécessaire pour cela que je fusse droguée ? coupe-t-elle en élevant un peu le ton, que le professeur lui fait aussitôt baisser d'un chut très paternel et en posant avec douceur une main sur sa bouche. Fallait-il absolument me mettre dans un état second, m'empêcher de me souvenir de la moindre image ? Je crois que j'ai été à mon insu bourrée de narcotiques et de stupéfiants, et que vous m'avez plutôt considérée comme la grande prêtresse hystérique de Dionysos, enlevée à la troupe de ses Ménades et harcelée par des Silènes en rut !

— Puisque vous enchaînez sur ce chapitre, répond-il avec une moue froissée, vous savez peut-être que dans l'Antiquité, certains considéraient les Silènes comme des Satyres qui n'étaient plus très verts ! Pourtant regardez l'effet que vous me faites à trois heures du matin !

Apolline ne peut que diriger les yeux vers le sexe durci du sexagénaire et se met à rire.

— C'est extraordinaire, dit-elle en hochant la tête. Mais si j'observe ma vie avec quelque lucidité, force est d'admettre que je n'ai jamais été la visée que d'obsédés de votre sorte, de lesbiennes en furie, de pédés à la recherche d'une maman ou de travailleurs immigrés attirés culturellement par l'embonpoint et les cheveux longs ! Sauf mon pauvre Moncef évidemment...

— Vous n'avez aucune raison de vous lamenter ainsi. Pourquoi ne voir les choses que de manière négative ? Dès lors que vous assumez un physique hors du commun, ce qui me semble être votre cas, ce physique qui vous fait quitter le terrain de la banalité braque sur vous les yeux qui vous entourent, et parmi ces yeux il y en a forcément qui ne peuvent se détacher de vous. La beauté, la laideur, la grosseur, la maigreur, tout cela n'a aucune importance. La malédiction, c'est d'être banal, c'est de ne posséder rien qui fasse rêver quelqu'un d'autre.

— La malédiction, c'est de se rendre compte que l'on n'est qu'un objet de fantasme, et pas un objet d'amour ! Vous comprenez cela ?

— Mais Apolline, vous avez tort. Je vous ai menti tout à l'heure. Moi, je vous ai aimée dès le premier jour, quand je vous ai croisée dans la cour de la Sorbonne il y a bien longtemps. Bien sûr que le désir y était pour quelque chose, mais êtes-vous donc si naïve pour penser que les nymphettes qui font la une des magazines ne sont pas non plus et avant tout des objets de fantasme et de désir, avant d'être aimées pour elles-mêmes, quand d'ailleurs elles sont vraiment aimées d'amour, ce qui reste à prouver ? Pour une philosophe, ma chère, vous me décevez...

— Vous m'avez aimée..., vous ? articula-t-elle, les yeux dans le vague, posant sa tête sur l'épaule de Lejardolli, si fluet à côté d'elle, mais duquel émanait une force psychique plus rassurante que n'importe quel deltoïde survitaminé.

— Et de vous retrouver, je vous aime à nouveau, Apolline. Je n'ai certes pas pensé à vous durant toutes ces années. Je me suis marié, j'ai eu des enfants, j'ai divorcé, j'ai eu des aventures multiples. Mais vos refus à l'époque de la Sorbonne, après vous avoir emmenée plusieurs fois prendre un pot et bavarder avec vous, puis votre rebuffade humiliante en Tunisie, ...

... c'était à Carthage, rappelez-vous, où j'avais mon hôtel, je vous avais convaincue après ma conférence au Bardo, à laquelle vous aviez assisté par hasard parce que, je crois bien, vous étiez justement dans ce musée à cette heure-là, de m'accompagner pour vous montrer, de ma chambre qui dominait la baie, ce que l'œil d'Hannibal ou celui de son rival obèse Hannon le Grand embrassait vingt-trois siècles auparavant ! J'ai souffert de ces refus, et je vous en ai même voulu chaquc fois quelque temps. J'aurais pu vous haïr si les circonstances vous avaient placée en permanence dans ma sphère d'activités ! Heureusement, je ne vous ai plus revue...

— Vous m'aviez fait un discours sur ma peau, j'en ai le souvenir précis, murmure-t-elle. « Vous auriez eu un succès fou dans la Carthage d'Hannibal, m'expliquiez-vous. Pas en raison de votre corpulence, ni de vos cheveux, mais plus sûrement grâce à votre peau, à sa blancheur de lait, qui était si recherchée que les femmes d'alors se fardaient en usant de tous les artifices pour paraître plus blanches. »

— Et naturellement vous ne m'avez pas cru ! Vous avez pris ça pour un vulgaire hameçon jeté par un affreux dragueur ! C'est pourtant vrai, je vous assure, ce goût des peaux très blanches dans les cultures imprégnées par l'Orient...

Apolline se laisse caresser par cet homme qui autrefois lui avait laissé

(cela avait aussi contribué à motiver ses refus)

« un numéro de téléphone spécial pour le sexe, auquel vous pouvez me joindre toute la nuit ». Incapable d'analyser ce qu'elle est en train de vivre, elle est envahie de perplexité devant cette situation impensable quelques heures plus tôt, qui la pousse à admettre que le mandarin du Collège de France a ébranlé ses sentiments et que cela est d'un parfait ridicule.

— Nous ne devons pas même avoir vingt ans d'écart, dit soudain Lejardolli comme s'il devinait la tempête sous les cheveux d'Apolline. Autour de 1968, cela faisait beaucoup, je devais vous paraître un vieillard avec mes trente-cinq ans, surtout que je n'ai jamais eu l'apparence d'un jeune premier ! Mais maintenant, nous nous sommes rapprochés...

— Je vais rentrer chez moi, je suis fatiguée, répond-elle en relevant la tête puis le buste. Je vais vous donner mes coordonnées, mais tout cela est trop brutal, j'ai aménagé ma vie à ma façon, comprenez-vous ? Et j'en ai écarté ce genre de surprises. Alors je dois remettre mes idées en place, réfléchir un peu. Laissez-moi quelques jours..., seulement quelques jours et nous serons fixés.

Elle se lève et fait signe à une des deux nymphettes qui aidait un couple à se rhabiller de lui apporter ses vêtements et son sac à main, duquel avant toute chose elle tire une carte de visite qu'elle tend à Lejardolli. La nymphette, d'une voix pâteuse, lui demande où elle se rend, que le couple peut si elle le désire l'attendre et la reconduire chez elle, ce qu'elle accepte avec gratitude.

— J'aurais pu vous ramener, dit Lejardolli en se levant à son tour. Et juste vous déposer, rassurez-vous...

— Non, ne vous dérangez pas, je préfère vous quitter comme ça. Et c'est moi qui vais vous rassurer, Édouard : j'attends que vous me fassiez signe dans deux ou trois jours.

Averti par un de ses jeunes serviteurs d'un soir que l'on commence à bouger et à s'en aller, Jean-Baptiste sort de sa chambre vêtu d'un kimono et reprend son rôle de maître de maison, le visage inquiet et interrogateur quand il fait face à Apolline qui, très digne, l'embrasse en le remerciant de cette excellente soirée. Le couple l'attend, lui la cinquantaine joviale, elle un peu plus jeune, souriante et fine comme une liane dans une petite robe incongrue pour la saison et une cape de voile rose. Dans la grosse berline silencieuse où Apolline prend place à l'arrière, la conversation est brève

(par le boulevard périphérique à quatre heures du matin et à cent vingt à l'heure, la Porte d'Ivry n'est pas très loin) mais suffisante pour dépasser les simples présentations. Gérard et Nathalie écrivent ensemble sous un pseudonyme commun des énigmes policières et des feuilletons à l'eau de rose pour des magazines féminins, et l'essentiel de leur travail consiste à dénicher des personnes qui acceptent de se raconter un peu, pour ensuite s'en inspirer et imaginer des intrigues. Ils doivent posséder un art consommé de tirer les vers du nez de leurs interlocuteurs

(à l'insu de leurs victimes),

car ils semblent ravis de tout ce que leur a de bonne grâce dévoilé Apolline en répondant pourtant succinctement, mensonges à la clé, à leurs nombreuses questions. Elle leur donne sa carte, car ils lui promettent de la tenir au courant du canevas qu'ils tireront de ces renseignements.

— Qu'importe la véracité de vos propos, explique Gérard. Qu'importe les vides immenses que vous nous laissez, c'est à nous de les combler à notre manière, de mettre l'accent sur un mystère de votre vie — telle que nous l'aurons recréée — et d'en déduire une solution. Vous allez sourire, mais il y a vingt-deux ans que nous utilisons cette méthode de travail et nous nous amusons beaucoup, sans aucune prétention littéraire sinon celle de distraire les vieilles dames — ce milieu d'ailleurs ne nous connaît pas —, et nous vivons, ma foi très confortablement, de notre plume !

Ils la déposent devant la porte du pavillon et en descendant de voiture, Apolline est saisie de frissons. La nuit est pourtant douce. En se couchant, elle aspire à pleins poumons la tenace fragrance de tubéreuse collée à sa peau, et se dit d'abord qu'elle ne reverra plus Jean-Baptiste, que jamais elle ne pourra lui pardonner d'avoir été droguée, manipulée à son insu pour le plaisir de quelques voyeurs, comme si sa *personne* avait perdu sa nature kantienne de *fin en soi* pour être reléguée au rang de *chose* utilisée comme *moyen*. Pourtant, une autre impression moins déplaisante l'envahit, qui lui souffle qu'elle n'a pas à regretter cette soirée, non qu'elle s'y soit vraiment amusée puisqu'elle est restée la plupart du temps inconsciente, mais elle admet que quelque chose l'a troublée dans sa rencontre avec Édouard Lejardolli, et qu'elle devra y penser à tête reposée. Pour l'heure, elle tarde à trouver le sommeil, bouge, se tourne et se retourne, a soudain trop chaud. Des tas d'idées et d'images, apparemment incohérentes, défilent dans sa tête, comme chaque fois qu'elle peine à s'endormir. Elle pense à des insomniaques ou à des couche-tard qui boivent un verre, fébriles dans le canapé de leur salon, ou fument une cigarette dans l'angoisse peut-être de s'assoupir et de ne plus se réveiller, font l'amour, se masturbent pour exorciser la crainte de mourir, ou comptent l'argent de leurs spéculations, gagné sans effort, avec cette avidité qui donne l'illusion dérisoire de l'éternité, à défaut d'être un remède contre l'anéantissement. Elle garde les yeux grands ouverts dans le noir de sa chambre et un mot lui vient brutalement à l'esprit, qu'elle ne juge pas vraiment en adéquation avec sa réflexion cahotante (elle constate pour la millième fois les curieux détours qu'empruntent «les chemins de la pensée»),

mais qui lui plaît. Elle rallume sa lampe de chevet, se précipite à son bureau, cherche dans le *Dictionnaire de la langue française* de Littré pour rafraîchir sa mémoire défaillante et noter les termes exacts d'une phrase du prédicateur moraliste Jean-Baptiste Massillon. «L'esprit du monde est un esprit de paresse et d'immortification», écrivait-il, citation qu'elle complète en recopiant d'autres mots du même Massillon : «l'immortification, le relâchement, la recherche des commodités, des superfluités et des aises». Et elle note encore sous la plume de Bossuet : «Détruisons tout ce qu'il y a encore de trop immortifié, de trop mondain.» La première phrase qu'elle vient d'inscrire sera le prochain sujet, non pas de dissertation, mais de réflexion impromptue et orale sur un thème donné

(exercice de groupe qu'elle trouve excellent)

qu'elle proposera à l'une de ses classes, et elle se recouche. C'est dimanche matin, elle a le temps.

Apolline essaye de se remémorer ce qu'elle appelle « les années sans existence », celles dont le souvenir se réduit à rien ou à si peu, celles pendant lesquelles le temps semble s'être écoulé sans elle, comme si elle était restée à côté, telle une pierre posée sur le sol, inerte et qui attend pour exister que quelqu'un s'en saisisse et la jette au loin, ces années sans vie qui ne laissent même pas de place à l'espoir d'un futur déjà mort avant que d'apparaître, trop semblable à ce qui le précédait. Entre la mort de Moncef et ce moment insensé où elle a envoyé sa petite annonce et rencontré Jean-Baptiste, ç'a été sept ans dans le brouillard d'une vie mécanique, un septennat entier vécu dans le deuil puis l'indifférence.

Elle s'imagine souvent que sa vie personnelle a pris une autre tournure au moment même où la France changeait sa majorité politique avec une folle illusion, et elle se plaît à croire que cela n'était pas une fantaisie du hasard mais s'apparentait à l'une de ces « coïncidences signifiantes » par lesquelles Carl Gustav Jung, élaborant sa théorie de la synchronicité, voulait donner un sens à des connexions apparemment sans cause. Ou bien cela se rattachait-il plus simplement à quelque « harmonie préétablie », quelque « intentionnalité apparente dans le destin de l'homme » évoquées par Schopenhauer, philosophe pour lequel elle ne nourrit d'ailleurs aucune inclination particulière, parce que loin de la force intérieure et positive développée par les stoïciens, elle n'a trouvé chez lui, à tort ou à raison, qu'un exposé négatif de la condition humaine, qui ne lui a été d'aucun secours et en quoi elle ne peut se reconnaître. Il ne lui a offert aucun recours face à la laideur et à la méchanceté du monde, tout juste une mine d'arguments imparables destinés à ceux qui n'aiment pas la vie et veulent faire partager aux autres le dégoût qu'ils cultivent comme un jardin de l'ombre. Cette date, l'amorce de ce nouveau septennat, a correspondu avec sa sortie du tunnel, avec son réveil qu'elle a vécu comme une renaissance. Même si ensuite elle n'a jamais pu abandonner son mode de vie organisé dans lequel elle s'était emmurée pendant sept ans pour survivre avec seulement ses nombreuses séances de cinéma, le début de sa collection de films enregistrés sur cassettes, ses livres et sa visite hebdomadaire à madame Desmoulins, elle s'est mise à reprendre le train pour aller à Lyon visiter un inconnu, à revoir des gens en dehors du cadre imposé du lycée, à nouer de nouvelles amitiés, à remettre son corps en marche, ses désirs en action, comme une vieille locomotive à vapeur aux mécanismes grippés par un trop long engourdissement. Quand elle considère le chemin parcouru depuis treize ans jusqu'à cet automne riche en événements personnels, elle est maintenant certaine que jusqu'au dernier souffle de vie, rien n'est fini, tout peut arriver. Mais pour savoir cela, il lui a fallu en faire l'expérience...

C'est quand Apolline se couche après minuit que l'endormissement lui est difficile. « Heureux Montaigne, songe-t-elle alors, qui te faisais réveiller en plein sommeil par un domestique pour éprouver le bonheur de te rendormir, à quatre heures du matin tu n'avais pas d'insomnie ! » Mais elle s'assoupit sans doute par moments, et comme même le dimanche elle n'a pas coutume de se lever tard, elle a du mal à rester au lit. Aussi la soirée chez Jean-Baptiste ne modifie-t-elle pas son emploi du temps dominical, et elle corrige un paquet de copies avant de prendre un bain moussant en regardant *Répétition d'orchestre*, un film qu'elle se rappelle ne pas avoir apprécié la première fois, mais qui a été un choc lors de la deuxième vision plusieurs années après, tout comme *Casanova* et *La Cité des femmes* qui appartiennent aussi au septennat marqué par le malheur et la peine, et en ont pâti. Certes en 1981 connaissait-elle assez les nouveaux gestionnaires de la chose publique pour imaginer que l'injustice et le pouvoir de l'argent ne trouveraient pas en eux de très redoutables adversaires mais, pensait-elle alors, « ce ne pouvait pas être pire qu'avec les autres ».

— Ma pauvre fille, lui avait rétorqué vertement madame Desmoulins lors de cette soirée de mai qu'elles avaient passée ensemble, pour une fois, devant la télévision. Je ne comprends vraiment pas cette liesse. Avec quelle joie et quelle inconscience aspirent-ils donc tous au chaos !

Cela avait fait sourire Apolline, qui avait préféré ne pas répondre, se contentant de soupirer :

— Je t'en prie, maman, ne recommence pas avec tes propos de café du Commerce...

— Café du Commerce peut-être, avait enchaîné madame Desmoulins sans même paraître vexée, mais moi je n'ai pas besoin d'avoir étudié à la Sorbonne pour comprendre qu'il vaut mieux un gouvernement qui remplit les caisses de l'État qu'un gouvernement qui va s'empresser de les vider.

En sonnant aujourd'hui à la porte de la place Daumesnil

(elle possède un double de la clé, mais elle a pris l'habitude de ne pas s'en servir depuis qu'elle n'habite plus ici),

Apolline regrette un instant que toute conversation sérieuse avec sa mère sur la politique se soit inlassablement heurtée à tant de formules simplificatrices, au point d'y renoncer.

— Mais que se passe-t-il ? s'étonne madame Desmoulins sans même saluer sa fille. Tu sembles rayonnante !

Apolline reste sans voix, la bouche ouverte et bloquée comme un poisson sorti du filet, abasourdie à près de quarante-huit ans d'entendre sa mère formuler le premier compliment sur son apparence. Elle se garde de lui en donner les raisons mais cette réflexion, bien qu'elle ait été exprimée sans tendresse, d'un ton presque dur, suspicieux et jaloux, la convainc que sa rencontre avec Édouard a laissé des traces, comme si l'inconscient et la chair tentaient de forcer son choix en exsudant ces involontaires effluves de bonheur. Madame Desmoulins a beau essayer de lui tirer les vers du nez, Apolline ne cède pas et s'attelle à rendre responsable de ce qu'elle appelle « sa bonne mine » l'espoir de revoir bientôt Antoine dont elle attend des nouvelles depuis qu'elle a expédié sa lettre dans l'océan breton, chargée de la conviction secrète qu'elle arrivera, doit arriver à destination.

— Parce que tu as écrit ? Je ne t'avais pourtant pas donné l'adresse !

— Il y avait le nom d'un petite localité du Finistère sur le fromage, répond Apolline, sans se départir de son calme bien qu'elle vienne de comprendre que sa mère, le dimanche de la grande nouvelle, ne lui avait pas fait partager la lecture de la lettre d'Antoine non par pure négligence mais sciemment, omettant ainsi avec le plus grand naturel de lui communiquer cette adresse, afin d'en conserver le monopole comme on le fait d'un pouvoir.

— Tu n'avais qu'à me la demander, ma pauvre fille ! dit madame Desmoulins avec dédain, mais sans amorcer le moindre mouvement pour aller rechercher la lettre ni en préciser les termes détaillés.

Apolline n'a pas envie de lui en tenir rigueur,

elle n'a cure du comportement de sa mère maintenant que s'annoncent enfin des moments heureux.

La semaine suivante, elle reçoit le même jour au même courrier une réponse d'Antoine, assez laconique mais précise, et une d'Édouard, fort copieuse mais aussi précise, qui la réjouissent d'égale manière, beaucoup plus que la visite, annoncée peu après pour la soirée, d'Omar dont elle pressent qu'il risque dans les plus brefs délais de faire les frais de ces nouveaux paramètres déterminants, impossibles à éluder pour regarder l'avenir. Omar était apparu dans sa vie cinq ans auparavant, au coin d'une rue, près du Centre Beaubourg dont la cinémathèque projetait un cycle sur le thème « Révoltes Révolutions » avec le passage d'un film cubain de 1968, *Lucia* de Humberto Solas, qu'elle n'avait jamais eu l'occasion de voir et dont la trame qui retraçait trois destins de femmes prénommées Lucia en trois époques différentes de l'histoire de Cuba l'avait attirée. Encore imprégnée des images du film, elle s'était heurtée à Omar au coin de la rue Saint-Martin et avait cru vaciller devant une allure et un visage qui semblaient le fantôme d'un Moncef à peine vieilli, mais elle n'avait pas attendu longtemps pour se persuader que le transfert de son amour défunt ne se satisferait pas d'une simple ressemblance physique, que de cela ne naîtrait au mieux qu'un simulacre. Sa liaison avec Omar n'en est pas exactement une, le sentiment qu'elle a pour lui est juste un amour de circonstance. Les mystères dont il s'entoure volontiers, au lieu d'attiser le désir d'Apolline, l'ont au contraire rafraîchi, et sa curiosité est sans lien avec une classique jalousie amoureuse par quoi l'on manifeste sa peur et sa souffrance d'être trompé. Ce n'est qu'une curiosité de femme curieuse, qu'elle est parvenue à assouvir par fragments dénués de certitudes en arrachant sournoisement quelques lambeaux d'emploi du temps ou en entraînant Omar dans des conversations qui l'obligent à se mettre en scène. Mais elle n'est sûre de rien, pas plus des origines marocaines qu'il a un jour affirmées que de l'épouse italienne et du fils qu'il s'attribue, pas plus encore de ses activités invérifiables dans le commerce international dont il se targue. Un jour, c'était peut-être la dixième fois qu'il venait chez elle, il l'avait battue et fait tomber dans la cuisine avec un sourire méchant avant de se jeter sur elle avec sauvagerie et de réduire en pièces la grande djellaba qu'elle portait.

— Pourquoi tu n'es pas nue quand j'arrive, comme d'habitude ! avait-il rugi en la retournant face contre terre, à même le carrelage glacial. Je vais t'en apprendre encore, et tu m'en diras des nouvelles.

Plaquée au sol d'une main et immobilisée, dans une position contre quoi son propre poids et celui du corps à califourchon sur elle l'empêchaient de réagir, Apolline avait entendu Omar éructer, puis dégrafer et baisser son pantalon de costume sombre très chic en soufflant comme un marathonien, farfouiller ensuite d'une main dans le placard sous l'évier pour en retirer une bouteille, ce qui lui avait fait craindre le pire et l'avait terrorisée, mais elle comprit que c'était la bouteille d'huile d'olive et qu'Omar s'enduisait le sexe.

— Ça a l'air d'être de l'inédit ! avait-il dit tandis qu'elle gémissait de douleur sous ses coups de reins, franchement, je ne pensais pas être le premier...

Puis il s'était calmé et excusé pour sa violence, sans cependant s'inquiéter du mal qu'elle avait subi, et avait demandé un bain et un massage du dos qu'elle s'était empressée de lui donner, comme s'il s'agissait pour elle d'un dérivatif à sa blessure, d'un moyen de s'occuper qui endiguât son besoin de crier et de pleurer. Il s'était endormi, il avait ronflé, il s'était réveillé, il avait pris son petit déjeuner et il était parti comme si rien ne s'était passé, après avoir enfilé son costume sombre très chic au pantalon maculé de taches de gras. Elle l'avait alors soupçonné de se droguer et avait échafaudé tout un scénario auquel elle ne croyait pas elle-même mais qui l'amusait, avec un Omar transformé en émissaire libyen qui naviguait dans l'espionnage et dans le trafic de stupéfiants ! Plus jamais pareille violence ne s'était reproduite, jamais Apolline n'y avait fait ensuite allusion, et cette scène pénible n'avait pas eu d'influence sur la sympathie teintée de tendresse qu'elle lui portait et qui s'était formée en lieu et place de l'amour dès que s'était évanouie la première et trompeuse impression du coup de foudre.

Elle veut lui téléphoner pour annuler la soirée,

mais elle n'a pas le loisir de le joindre et elle laisse un message sur son répondeur, dont il n'a sans doute pas connaissance puisqu'il est devant la porte à vingt heures précises. Il trouve Apolline habillée et maquillée, prête à sortir.

— Je suis désolée mais je dois d'urgence me rendre chez une amie qui vient de tomber très malade et qui a besoin d'une présence continue. Nous sommes plusieurs à avoir accepté et j'ai promis de m'occuper d'elle pendant la nuit. Je suis déjà en retard, vite ! on saute dans ta voiture et tu m'emmènes boulevard Raspail, au carrefour Vavin.

Omar n'a pas même le temps de préparer une réponse qu'Apolline a déjà fermé la porte de la maison et l'entraîne vers le trottoir. Il s'exécute en silence, ne paraissant pas s'étonner qu'une si grande malade n'ait pas été sur-le-champ transportée à l'hôpital, et il la conduit jusqu'à destination. Apolline parle pour deux, tant elle craint qu'il pose quelque question embarrassante, et l'abreuve sans relâche d'explications embrouillées à propos d'une ancienne condisciple de la Sorbonne avec laquelle les liens, qui s'étaient distendus pendant quelques années sans cependant disparaître, sont revenus au beau fixe depuis quelques mois.

— Je te téléphonerai, dit-elle après lui avoir déposé un baiser sur la joue et en s'extrayant au plus vite de son siège. Et merci, tu es un ange !

La voiture repart aussitôt et Apolline, debout devant l'imposante porte cochère, bataille plusieurs fois avec le code, bien qu'elle l'ait appris par cœur, avant d'entendre le faible signal sonore qui indique que le système d'ouverture est débloqué. Elle déteste cet envahissement d'objets, répondeurs téléphoniques, téléphones de poche, Minitels, codes d'entrée dans les immeubles, ordinateurs, présentés comme des nécessités absolues et qu'elle juge superflus, « des manifestations perverses de l'impérialisme technologique, destinées non pas à nous libérer mais à nous rendre esclaves d'une manière sournoise », peste-t-elle, un peu par provocation, tout en se doutant qu'elle n'eût pas été aussi rétrograde et vieux jeu à l'égard de ces modernes inventions si elle s'était montrée moins maladroite dans leur maniement, et en sachant bien que, loin de refuser les inévitables scories de la civilisation technologique, il faut au contraire ne cesser de les intégrer au mouvement global de l'histoire des hommes, à cette « totalisation en cours » qu'évoquait Sartre, si l'on ne veut pas risquer que l'essentiel des valeurs positives de l'humanité soit peu à peu écarté vers les voies de garage de l'incompréhension, peu à peu étouffé sous un arsenal matériel dont l'usage risque d'incidenter sur les comportements, de les placer sous influence, de pervertir le libre arbitre, de servir de tremplin à toutes les récupérations, à toutes les manipulations. D'ailleurs, ne vient-elle pas d'acquérir récemment un répondeur téléphonique et ce petit bijou d'ordinateur dont elle ne peut plus se passer !

Il y a encore une porte vitrée, une sonnette nominative et un interphone, puis elle prend l'ascenseur jusqu'au troisième étage où l'unique porte, à double battant, s'ouvre sur la lippe libidineuse d'Édouard Lejardolli, engoncé dans une veste d'intérieur en grosse laine écrue et les cheveux blancs rétifs à une coiffure bien ordonnée.

— Mettez-vous à l'aise, dit-il en la conduisant à travers une vaste entrée terminée par deux colonnes de style antique, jusqu'à un immense salon qui donne d'un côté sur la salle à manger Louis XV et de l'autre sur le bureau orné d'une splendide bibliothèque.

Les trois pièces sont donc disposées en enfilade, seulement séparées par des arcades que l'on peut fermer au moyen de lourds doubles rideaux en épaisse toile de Jouy aux motifs mythologiques grenat sur fond ocre.

— C'est la bibliothèque ? plaisante Apolline pour entrer en matière, insinuant qu'une histoire drôle courait dans Paris sur Lejardolli, selon quoi, sollicité par une grande maison d'édition pour présenter, traduire et annoter les traités latins d'agriculture dans une prestigieuse collection, il avait reçu en cadeau les quelques centaines de volumes qu'elle comportait déjà et, très encombré mais pas embarrassé, avait aussitôt demandé si on ne pouvait pas aussi lui offrir la bibliothèque pour ranger tout ça !

— C'est la vérité dans sa plus candide nudité, répond-il en éclatant de rire, et je ne vois pas où est le scandale ! Cette traduction et les commentaires qu'elle suscite représentent un énorme travail, moins bien payé en salaire horaire que celui d'une femme de ménage. Alors cela vaut bien quelques compensations ! Tenez, regardez...

Il entraîne Apolline vers un rayon d'où il retire un étui de chagrin bronze à fenêtre qui protège un somptueux volume in-octavo en plein maroquin rouge. Apolline remarque le soin, la tendresse dont il entoure le livre, elle est touchée au plus profond d'elle-même par l'expression soudain lumineuse de son visage d'ordinaire plutôt ingrat.

— C'est une édition rarissime des *Libri de re rustica*, qui date de 1533 et a été reliée quelques décennies plus tard, sans doute sous Henri III. Admirez le décor de la reliure, « doré à la fanfare »...

— À la fanfare ?

— Oui, on dit cela pour désigner ce genre de motifs. J'ai déniché ce livre en Angleterre il y a plus de trente ans, et j'ai vu que lors d'une vente aux enchères l'an dernier à l'Hôtel Drouot, un volume presque identique, un quasi-frère jumeau, a été évalué plus de 200 000 francs ! Mais ça n'est qu'un détail sans importance, je me fiche de la valeur marchande des choses, c'est l'objet en soi qui me passionne, l'objet tout entier avec son contenu, uniquement quand il recèle des textes qui pour moi sont précieux. J'ai la plus grande estime pour l'affamé de lecture qui se repaît de livres de poche sans valeur en tant qu'objet, et même qui vole dans les librairies pour assouvir sa passion ; mais j'ai le plus grand mépris pour ces notables et ces parvenus qui accumulent les reliures et les livres anciens pour leur seul aspect parce qu'ils croient que ça fait riche et chic !

Tout le bureau est consacré à ce que Lejardolli appelle « sa bibliothèque antique », sauf un étroit panneau en acajou, fait sur mesure et qui, du sol au plafond, abrite la fameuse collection.

— Vous avez finalement accepté cette traduction ?

— Voyons Apolline ! fait-il en feignant d'être offusqué, puisque j'ai accepté la bibliothèque...

Elle lui emprunte le livre avec délicatesse. Il s'agit du texte latin

(« non traduict de latin en francoys », plaisante Édouard)

des traités d'agronomie de Caton, de Varron, de Columelle et de Palladius.

— J'ai terminé Caton et Varron. Ce dernier n'est pas le consul Varron qui prit la déculottée devant Hannibal lors du désastre de Cannes, mais un autre Varron qui naquit curieusement tout juste cent ans après cette bataille et ne se mit à composer son *De re rustica* qu'à plus de quatre-vingts ans ! Quant à Caton, c'est bien de l'Ancien qu'il s'agit, le Censeur, l'affreux, celui qui a inspiré la destruction de Carthage et devait une bonne part de sa science à un nommé Magon, agronome carthaginois dont l'œuvre faisait autorité...

— Vous semblez détester les anciens Romains !

— Je n'ai pas beaucoup de sympathie pour les civilisations fondées sur l'ordre militaire et les nécessités de domination des autres peuples que cet ordre implique, c'est vrai. Même si on ne sait pas trop si cet ordre préexiste lui-même par une antérieure nécessité ou bien si c'est un état d'esprit particulier qui l'a mis en avant. C'est un autre débat ! Mais je me souviens qu'enfant et adolescent j'avais au contraire une sympathie instinctive pour ceux qui incarnaient la résistance à l'ordre romain, à ce qu'on appelle aujourd'hui l'impérialisme, j'aimais les Carthaginois Amilcar Barca et son fils Hannibal, Sertorius le Romain révolté et son allié Mithridate, Jugurtha le Numide et Tacfaricas l'Africain...

Lejardolli s'enflamme comme un tribun.

— ... Vercingétorix le Gaulois et Arminius le Germain, le roi des Daces Décébale et encore l'étonnant berger lusitanien Viriathe...

— Oui, Viriathe, je recherchais son nom pendant que vous déclamiez votre liste. Viriathe ! Manoel de Oliveira l'évoque au début de son film *Non, ou la vaine gloire de commander...*, un chef-d'œuvre qui m'a enchantée.

— Je ne l'ai pas vu, mais puisque vous parlez de cinéma, il y a une chose amusante à propos du *Scipion l'Africain* de Carmine Gallone. Ce film avait été tourné à l'époque fasciste et Mussolini espérait dans cette superproduction une exaltation de sa personne et de l'esprit de conquête de l'Italie nouvelle. Mais le Duce fut fort déçu, car le cinéaste, à son goût, avait fait la part trop belle à Hannibal. Comme quoi, même dans l'Italie totalitaire, la gloire du stratège de Cannes, combattant pour tuer dans l'œuf la future hégémonie romaine qu'il pressentait, écrasait encore les mérites du vainqueur chanceux de Zama, symbole de l'oppression des peuples !

— Vous n'arrangez pas un peu l'histoire? dit Apolline en souriant, tandis que le grand professeur redevient petit garçon lutineur en lui tripotant les fesses, ce qui déclenche une série de ces petits cris suraigus qu'elle ne peut s'empêcher d'émettre lorsque sa chair et son désir consentant pénètrent ensemble dans la spirale du plaisir.

— Je l'interprète un tout petit peu, mais pas tant que cela. L'histoire, vous savez, ça fait plus de deux mille ans que d'autres s'amusent aussi à l'arranger.

Et il la déshabille avec frénésie, la palpe, la mouille partout de baisers, avant de l'inviter à mélanger leurs corps là, par terre, sur le tapis du bureau. Le livre est ouvert près de la tête d'Apolline et il se met à traduire Caton tout en s'activant : « Que le *pater familias* vende les bœufs en retour d'âge, les veaux et les agneaux sevrés, la laine, les peaux, les vieilles charrettes, les vieilles ferrailles, l'esclave vieux ou malade ; qu'il vende en un mot tout ce qui ne peut servir. Il faut que le père de famille soit grand vendeur, non grand acheteur. »

— C'est épouvantable, non? dit-il en haletant de plus en plus fort. Et savez-vous? l'une des maximes de ce vieux salaud était : « Pas de bouches inutiles », sous-entendu...

Mais ils ne peuvent plus parler ni l'un ni l'autre.

Dans la soirée, un livreur apporte le dîner de chez un traiteur, car Édouard avoue ne pas savoir faire cuire un œuf, ni même faire chauffer de l'eau le matin pour le café qu'il va prendre chaque jour sur le boulevard du Montparnasse. Apolline par bonheur n'a pas cours le vendredi et prend le temps de s'empiffrer de croissants. Elle regarde avec des yeux attendris et un sourire caressant Édouard, qui lui saisit la main au moment où le garçon dépose l'addition.

— À quoi penses-tu, ma chérie?

— Je me disais qu'en règle générale, les hommes qui aiment faire l'amour avec des femmes mastodontes répugnent à s'afficher avec elles! Tu es le deuxième dans ma vie à faire exception.

Elle décide de rentrer en métro

(elle possède une technique éprouvée pour franchir les horribles tourniquets, en faisant d'abord passer son ventre par-dessus, sinon elle resterait bloquée)

et ils marchent sous une pluie fine et froide jusqu'à la bouche de la station Raspail pour ne pas se quitter trop vite et aussi parce que Raspail est plus commode que Vavin pour Apolline qui ne subira ainsi qu'une correspondance au lieu de deux. Entre Raspail et Place-d'Italie, elle sort de son sac un carnet sur lequel elle a apposé le titre «miscellanées», et y note quelques lignes. Elle y écrit juste des choses éparses, des réflexions fugitives ou la relation d'événements qu'elle a envie de conserver rien que pour elle

(désormais tout cela ira droit dans la mémoire de l'ordinateur),

pour le plaisir, des années après, de relire et de se souvenir, de tenter à partir de quelques mots de recomposer une journée, un instant qu'elle a cru fort et qui peut-être le restera. «Vendredi

25 novembre. 10 h 20. Je savais qu'Édouard avait milité dans sa jeunesse au parti communiste dont il s'était désolidarisé dès le début des années cinquante, ce qui est tout à son honneur. Mais je suis heureuse d'avoir constaté hier soir que, contrairement à ce que j'ai entendu dire sur lui, il n'est pas devenu un suppôt de ce néo-pétainisme mou qui tente de faire main basse sur la France. Je n'aurais pas pu être vraiment heureuse s'il en avait été autrement. » Elle feuillette son carnet et relit ce qu'elle a écrit depuis la rentrée. Il n'y a que quatre courtes pages. « Je serai toujours incapable de tenir un journal », ajoute-t-elle.

De Place-d'Italie à Porte-d'Ivry, elle observe un couple d'une quarantaine d'années qu'accompagne un jeune garçon de trois ou quatre ans, auquel elle trouve les yeux de la jeune femme et la bouche de l'homme, ce qui lui suffit pour imaginer que c'est bien leur fils. Eux, manifestement, sont des produits abîmés des années soixante-dix, des enfants de cet après-Mai 68 qui avait vu surgir les communautés campagnardes de jeunes citadins convaincus de la nécessité du retour à la terre. On filait la laine en Ardèche, on s'essayait aux fromages de chèvre ou de brebis dans la région du Larzac, on devenait potier ou tisserand un peu partout. La bergère Marie-Antoinette ne s'était sans doute jamais doutée qu'elle ferait un jour tant d'émules. Tous ces clichés, mille fois rabâchés par des esprits vindicatifs et méchants, défilent très vite dans l'esprit d'Apolline au spectacle de ce trio qu'elle juge pathétique, tellement elle le devine pris au piège de l'idéal que les deux adultes ont voulu mettre en pratique. Leur expérience, comme tant d'autres tentées à cette époque, a échoué et après avoir tant espéré d'une vie au grand air loin des contraintes sociales à quoi ils rêvaient d'échapper, ils ont été condamnés à réintégrer la ville, à replonger dans un enfer où ils ne seront jamais plus que des marginaux, des inadaptés, des assistés, des déclarés coupables de ratage. L'enfant, lui, est né marginal ; il l'est malgré lui, et c'est sur lui surtout qu'Apolline fixe très fort son attention, lui qui déjà est soumis, contre ses parents, à la force d'attraction de la normalité ambiante. Cet homme et cette femme fatigués, abandonnés par leur rêve, et cet enfant qui devra longtemps encore, toute sa vie peut-être, assumer le choix de ses parents, lui font penser à Antoine, à sa compagne, à leurs enfants qu'elle ne connaît pourtant pas, et elle sent en frissonnant des larmes couler sur ses joues.

Assise à son bureau, Apolline relit la lettre d'Antoine qui était restée dépliée là depuis la veille, puis elle la pose en cherchant sur la fenêtre fermée quelque point d'horizon imaginaire et lointain

(elle a du mal à accepter la réalité de ce graphisme minimaliste, économe),

et elle replonge le nez dans ces signes en quoi elle ne reconnaît pas la rondeur rageuse d'antan, quand elle surprenait parfois une dissertation du lycéen exalté. Pourtant, en comparant avec des pages qu'elle conserve dans les affaires de son frère enlevées à l'appartement de l'enfance, elle peut s'amuser au jeu funèbre de reconstruire le pont qui relie ses deux écritures, le passage, jeté sur les eaux désenchantées du temps, entre la juvénile énergie

(tout entière occupée à transformer la hideur du monde)

et l'infinie tristesse de l'impuissance et du renoncement, entre la vision passée d'un futur chargé d'espérance et ce futur devenu le présent bâillonné, bafoué, irréversible et éternel écrasement qu'elle a décelé dans le couple marginal du métro.

Elle ouvre son agenda afin de déterminer à quelle date, d'ici la fin du trimestre, elle répondra à l'invitation qu'Antoine lui propose. Elle n'est pas obligée d'attendre les vacances scolaires de Noël, puisque son emploi du temps lui permet de grouper trois journées qui seront suffisantes pour que leurs routes se rapprochent avec prudence, après tant d'années de réciproque ignorance. Elle craint surtout que sa mère soit présente lors de ce premier contact, et elle entend mettre tout en œuvre pour éviter cette collusion. Dès le dimanche suivant, elle sonde les intentions de madame Desmoulins, qui lui révèle son désir d'aller visiter ses petits-enfants au moment de Noël.

— Les pauvres petits ne doivent même pas savoir ce que c'est qu'un arbre de Noël, dit-elle en préparant le chocolat chaud et le goûter dominical d'Apolline. Et dans quelle masure sans confort, dans quelle crasse doivent-ils grandir ! J'en frémis d'avance... Es-tu allée au cinéma ces derniers jours ? Moi je n'ai pas eu le courage de sortir, il fait nuit trop tôt dans l'après-midi.

— Je suis allée voir *Bab El Oued City*, un petit film algérien qui permet de saisir pas mal de choses sur la situation en Algérie, mais n'y va pas, ce n'est pas un film pour toi..., va plutôt voir *La Séparation*, ... tu aimeras les acteurs.

Madame Desmoulins prend un air pincé mais ne répond pas. Elle semble lasse, perturbée

(après sa première réaction de contentement d'être grand-mère)
par la révolution tardive que son fils introduit dans sa vie et agacée par les changements inexplicables qu'elle perçoit chez sa fille depuis le début de l'automne, laquelle ne s'attarde pas
(elle n'a pas droit ce jour-là au symbolique billet de banque par lequel madame Desmoulins extériorise d'habitude sa puissance parentale)
et rentre à Ivry où Lejardolli, curieux de pénétrer dans son univers, vient la rejoindre ce soir. Il flatte Apolline sur l'intérieur de sa maison, le nombre de livres et de vidéocassettes l'épate, et les tapis, la décoration de la salle de bains.

— Je me suis déjà débarrassée de beaucoup de choses depuis quelques semaines. On ne s'en rend pas encore compte, ça ne fait que commencer. Mais d'ici deux ou trois mois, ce sera spectaculaire. C'est une drôle de sensation. Tu vas rire, mais plus j'évacue d'affaires amassées au fil des ans, plus je me sens légère.

Elle lui lit la lettre d'Antoine.

— Si tu veux je t'emmène, propose-t-il tout de go. Ce sera notre premier voyage ! Deux ou trois jours à la fin de la semaine prochaine, ou la suivante, arrange-toi avec ton frère.

Le lundi matin au lycée, dans la salle des professeurs, on ironise sur la manifestation dominicale des proviseurs, tandis que les récentes exclusions de jeunes filles musulmanes pour port du foulard, près de quatre-vingts dans toute la France, suscitent les propos les plus divers et sèment la division.

— Il faudrait supprimer tout signe de religion, quelle qu'elle soit, dans le fonctionnement de la société républicaine et laïque, s'enflamme avec véhémence un professeur d'histoire près de la retraite. Je ne dis pas qu'il ne faut pas respecter les convictions religieuses des gens, mais tout ce fatras de croyances relève du domaine privé, du jardin personnel de chacun, et l'on ne peut pas mêler le droit, qui repose sur la logique et la raison, et la foi, qui repose sur la révélation. Il ne s'agit pas d'interdire les religions, mais de les empêcher d'imposer leur loi à la vie publique. Les fêtes religieuses chrétiennes, par exemple, rythment le calendrier scolaire, c'est inadmissible. Pourquoi ne pas représenter aussi d'autres religions ? Pour ne pas faire de jaloux, toutes les fêtes légales devraient être laïques, et chaque citoyen devrait avoir droit à quelques jours de congés volants qu'il prendrait quand bon lui semble, qui à la Pentecôte ou à Noël s'il est chrétien, qui à Kippour s'il est de confession juive, etc.

— Pour être plus simple, enchaîne un jeune professeur d'éducation physique, que chacun croie en ce qu'il veut mais qu'il n'aille pas emmerder les autres avec ça !

Dans un coin de la salle, les commentaires sur les revendications des proviseurs, sur leurs difficultés à asseoir une véritable autorité

(le prof de gym intervient, déclare que les chefs d'établissements mais aussi les professeurs d'autrefois avaient les coudées plus franches pour faire régner la discipline, qu'une bonne gifle à un inso-

lent était souvent bénéfique pour l'intéressé et dissuasive pour les autres, alors qu'aujourd'hui elle provoquerait un scandale et l'émoi des organisations de parents d'élèves, et même pourquoi pas un procès !),
débouchent sur l'évocation de la violence des jeunes. Un professeur énumère l'affaire des deux gamins meurtriers de Liverpool qui l'année précédente ont froidement torturé et tué un petit garçon de deux ans et demi, celle d'un clochard d'Ivry assassiné aussi par des gamins, la prise d'un taxi par un jeune couple de révoltés, presque encore adolescents, et qui s'est terminée dans le sang, au moment de la sortie de *Tueurs-nés*, le film d'Oliver Stone, sans oublier ce lycéen de Brest qui a tué son copain d'un coup de feu.

— Voilà où mène cette civilisation de l'image, tonitrue, au moment où Apolline se dirige vers son casier, un professeur de français chauve et au costume défraîchi que les élèves surnomment « qui-a-chié-dans-son-bénard », parce que son pantalon dessine toujours une vilaine poche sous les fesses.

— La civilisation de l'image, l'interrompt-elle en se retournant, c'est fini, mon pauvre ami ! C'est dépassé.

— Parce que nous ne serions plus envahis par les images, d'après toi ? Et les jeunes ne seraient pas, comme jamais depuis la naissance de l'humanité, agressés par les images de violence, conditionnés par elle ?

— Il a raison, dit une prof de maths, il faudrait engager des actions pour réduire la violence gratuite qui s'étale à la télévision ! Tuer quelqu'un finit par devenir un acte anodin dans la tête des gosses. Quand même Apolline...

— Ce n'est pas l'image qui est responsable, dit Apolline. En évoquant la télévision, tu viens de mettre le doigt presque là où il faut. La civilisation de l'image n'était qu'une étape, c'est la civilisation de l'écran qu'il faut considérer. D'ailleurs, toi le prof de français, tu dois savoir ça ? Un écran, avant d'être de cinéma ou de télévision, qu'est-ce que c'est ? C'est d'abord une espèce de meuble, une plaque qui sert à se préserver de l'action du feu dans la cheminée. Plus tard, c'est une toile que les artistes utilisent pour atténuer la lumière. Je retiens donc que l'écran est une barrière, une protection contre les effets du réel. Nous subissons aujourd'hui les premiers effets de cette civilisation de l'écran, c'est-à-dire de ce-qui-fait-écran, de l'image qui fait écran avec la réalité et transforme le monde en un immense champ de fiction, d'irréel, d'impalpable, de « virtuel » pour employer un mot en vogue. Vous avez vu il y a trois ou quatre ans ce film autrichien parfaitement terrifiant ? *Benny's Video* était son titre, et ça illustrait le cas extrême d'un adolescent devenu le jouet, l'instrument tragique de cette civilisation de l'écran.

— Je suis d'accord avec toi, intervient un jeune prof de physique et chimie, il y a image et image. Ce n'est pas la même chose de se dire qu'on va voir un film au cinéma, ce qui exige une démarche de la volonté, et qu'on va se repaître passivement d'une confusion d'images qui devraient se regarder à des niveaux de sens différents.

— Il y a justement danger, reprend Apolline, lorsque ces niveaux de sens ne sont plus différenciés par le spectateur. C'est un peu comme s'il recevait un goutte-à-goutte visuel d'une bouteille dans laquelle seraient mélangés des liquides incompatibles... De toute façon, pour moi, la jeunesse actuelle subit une bien plus grande agression de la part de la réalité du monde que de la part de l'image...

La sonnerie l'interrompt et comme elle déteste être en retard ne serait-ce que de quelques secondes pour le début du cours, elle tourne les talons, furieuse de cette faiblesse qui l'oblige à mettre son grain de sel quand elle aurait pu sagement se taire, surtout dans ce genre d'échanges rapides qui ne peuvent être que convenus ou pontifiants. Elle ne s'est point trompée, car à peine est-elle sortie de la salle des professeurs qu'elle entend une voix qui la traite de « grosse emmerdeuse qui veut toujours la ramener avec sa philo et n'enfonce que des portes ouvertes en croyant être plus maligne que les autres ». Elle éclate de rire dans le couloir tandis qu'une collègue la croise.

— Tu a l'air rudement joyeuse !

— Oui, c'est assez drôle, c'est « qui-a-chié-dans-son-bénard » qui vient de dire des méchancetés sur moi ! Mais je le méritais peut-être...

Elle manque d'ajouter qu'elle est tout simplement heureuse, mais elle se retient à temps.

À cinq heures, dans l'autobus qu'elle prend en

face du lycée et qui la ramène Porte d'Ivry, assise sur un strapontin au fond du véhicule, elle ne peut se concentrer sur son livre

(elle lit *Spectres de Marx. L'État de la dette, le travail du deuil et la nouvelle Internationale* de Jacques Derrida),

et bien qu'elle n'eût pas suivi

(choix en quoi elle s'était à l'époque ralliée à celui de son amie Josyane qui préférait aller en Sorbonne pour « surveiller les déviationnistes guévaristes et les gauchistes »)

la filière khâgneuse menant ses meilleurs éléments au saint des saints de l'École normale supérieure de la rue d'Ulm

(ce qui ne les avaient pas empêchées, Josyane et elle, de devancer bon nombre de normaliens au concours de l'agrégation),

elle se souvient qu'au milieu des années soixante, Derrida était un jeune professeur de l'ENS, qui ne faisait pas partie du clan vedette de Louis Althusser dont la nouvelle lecture du *Capital* faisait fureur dans les cafés de la rue Soufflot. Apolline, le livre ouvert à la même page, revoie par bribes, comme des instantanés arrachés à la mémoire qu'elle se plaît à comparer à un immense fichier d'agence de presse d'où l'on tire la photo désirée

(parfois on cherche, on se creuse la tête pour se rappeler dans quel tiroir elle se cache et on peut ne pas la dénicher, il y en a tant),

des images de ces années-là, quand elle déambulait au Quartier latin comme dans un univers à part, une sorte d'îlot hors du monde mais qui semblait un creuset dans lequel le monde entier bouillonnait. C'était le temps où l'interdiction de *La Religieuse* de Diderot filmée par Rivette ajoutait un peu plus à des indignations dont personne ne prévoyait qu'elles finiraient dans l'explosion, c'était le temps où Apolline discutait au café jusqu'à l'heure du dernier métro et partageait même un taxi après la projection de *La guerre est finie* de Resnais ou la représentation des *Paravents* de Genet au Théâtre de l'Odéon, quitte à subir les réprimandes de madame Desmoulins qui ne se couchait jamais avant sa fille et n'acceptait que de mauvaise grâce ses explications.

— Mais on a travaillé tard, maman ! La fac, ça n'est pas le lycée, tu ne peux pas rester dans ta tour d'ivoire seule avec tes livres et avec tes cours, il faut approfondir tes connaissances en confrontant les points de vue, surtout en philo.

— Bon, je veux bien, répondait madame Desmoulins, mais tu as encore mangé un affreux sandwich ! Viens donc, je vais te faire réchauffer quelque chose...

Apolline s'attablait seule et parfois, dès que sa mère avait gagné sa chambre, elle avait la courte visite d'Antoine qui sortait de la sienne comme un animal des forêts attend la nuit pour ne pas s'exposer au fusil des chasseurs et aux crocs des chiens. Il venait lui demander si ça allait ! puis il buvait un verre d'eau, grapillait avec ses doigts sales une ou deux bouchées dans l'assiette de sa sœur et retournait sans un mot dans sa chambre où il n'éteignait que très tard, s'endormant souvent avant que le disque qu'il avait mis en sourdine

(il méprisait ces «yé-yé» branchés sur leur hit parade et déjà subrepticement «intoxiqués par l'esprit de compétition bourgeois qui présidait à ces classements manipulés», et seuls les disques de l'anar Ferré, de Brassens et les récentes adaptations de Bob Dylan par Hugues Aufray avaient son approbation, tout le reste n'étant que «de la soupe pour détourner ces petits cons et ces petites connasses des vraies questions»)

fût arrivé en bout de course. Étudiante, même quand elle se couchait elle aussi à une heure avancée, car elle lisait au lit et devait se faire violence pour abandonner un livre qui la passionnait, Apolline avait déjà une faculté de récupération qui lui permettait d'être debout très tôt, sans qu'elle fût nécessairement contrainte par des impératifs de cours matinaux à la Sorbonne.

Avec le monde qui se presse devant elle dans l'autobus, elle s'aperçoit que ses yeux, jusque-là absents tant ils étaient occupés par le passé qui défilait son film cahotant de vieilles photos, heurtent à deux ou trois décimètres la braguette d'un pantalon, et elle se demande

(ce n'est pas la première fois qu'une telle réflexion lui vient à l'esprit)

si elle est la seule femme à imaginer spontanément le sexe de ces hommes debout, impassibles, et qui offrent le spectacle de leur virilité cachée à hauteur du regard; si le vagabondage de son esprit vers cette idée fixe et irrépressible est vraiment monstrueux et si elle doit s'en sentir coupable. Ses réponses varient avec son humeur du moment, mais quelles qu'elles soient, elles achoppent toujours sur son refus obstiné d'entreprendre un travail psychanalytique grâce à quoi construire un système de justifications à ses actes et à ses pensées.

Édouard Lejardolli possède une vieille DS Citroën gris métallisé qu'il a achetée du temps de son mariage

(il avait divorcé dès que ses deux enfants s'étaient installés dans la vie),

et qu'il ne se résout pas à abandonner. Il la fait si bien bichonner par son garagiste et s'en sert si peu qu'elle est aussi rutilante qu'une voiture flambant neuf. Il passe chercher Apolline à Ivry — c'est le deuxième jeudi de décembre — au début de l'après-midi, et quelques minutes plus tard, ils filent sur l'autoroute en direction de Chartres, Le Mans, Laval et Rennes. Apolline a l'impression qu'une éternité s'est écoulée depuis son dernier voyage en voiture, et il lui faut remonter à son périple en Belgique avec Moncef une vingtaine d'années auparavant. Dans l'intervalle, elle n'a circulé qu'en ville

(en taxi ou dans la voiture des autres, l'idée ne l'ayant jamais effleurée d'en acheter une, ni même de passer le permis de conduire au cas où cela pourrait servir un jour).

Édouard conduit vite, et ils dépassent Rennes moins de trois heures après leur départ pour s'enfoncer dans la Bretagne centrale, avec une halte dans une crêperie de Saint-Méen-le-Grand où Apolline commande d'un seul coup quatre galettes de blé noir « au chocolat et bien beurrées, s'il vous plaît, avec une bolée de cidre ». Édouard, plutôt de nature frugale, se rassasie d'une simple galette au fromage et à l'œuf, et d'une bolée de cidre aussi. Ils ne s'attardent pas, prennent de l'essence à la sortie du bourg et la voiture file à vive allure, leur donnant quelque temps l'illusion qu'ils peuvent lutter avec l'obscurité qui comme eux avance vers l'ouest, mais il est déjà cinq heures et la nuit de décembre les rattrape, les enveloppe insensiblement par les ailes pour gagner bientôt au-dessus d'eux, puis devant eux, où la barre rougeoyante du jour s'éloigne, fond à vue d'œil dans les mystères de l'horizon. Ils ont longtemps parlé du suicide de Guy Debord. Édouard l'avait rencontré une fois à la fin des années soixante, à l'époque de *La Société du spectacle*, et reconnaît qu'en dépit de sa force, le message des situationnistes n'est pas passé parce qu'il dérangeait tout le monde, et a été pillé, récupéré, ce qui était finalement le meilleur moyen de l'écraser.

Antoine, Marina et leurs deux enfants, Ernesto et Alexandra, âgés de quinze et treize ans, vivent dans une ancienne ferme bretonne rénovée

(trois bâtiments disposés en U avec cour ouverte sur le chemin),

sur une colline à quelques kilomètres de Châteaulin, dans un hameau déserté dont ils sont les seuls habitants permanents. Après les courtes présentations

(sauf les enfants qui sont à l'étage pour terminer leurs devoirs scolaires),
Antoine tient malgré la nuit à leur faire visiter les lieux, pendant que Marina reste dans la grande cuisine pour dresser la table.

— Tu as toujours cette crinière noire ! dit-il en les entraînant vers la grange, un large bâtiment divisé en deux parties, l'une où dorment les bêtes, deux vaches, deux brebis, et une ribambelle de poules repoussées dans un coin aménagé où elles peuvent pondre et se poser sur des perchoirs pendant la nuit. Tu te teins ? ajoute-t-il.

— Pas du tout ! quelle drôle de question !

— Étonnant ! des cheveux si noirs, à ton âge...

— Mais non, pourquoi ? Ça doit être héréditaire, maman n'a commencé à blanchir un peu que vers soixante ans, et même maintenant, elle a encore des cheveux noirs. Tu verras...

— Une sorcière ! En tout cas, je t'aurais reconnue en te croisant dans la rue... Par certains côtés, tu n'as pas du tout changé. Physiquement, j'entends. Pour le reste, je n'en sais rien.

Édouard a jugé prudent de se tenir un peu à l'écart, et tandis que le frère et la sœur se dirigent vers l'autre côté du bâtiment réservé au foin, au tracteur et aux outils, il tourne encore auprès des animaux en se demandant comment cette famille peut survivre.

— Moi, en revanche, rétorque Apolline un peu pincée, j'aurais pu me trouver en face de toi dans le train ou ailleurs et t'observer pendant des heures, je n'aurais pas pensé à toi un seul instant.

Tu t'es empâté, et cette calvitie, cette barbe grisonnante...

— Ça, au moins, je ne le tiens pas de la sorcière...

— Mais enfin, Antoine, à quoi joues-tu ? dit Apolline en se campant face à lui. Tu nous as forcées à faire notre deuil de ton retour, de toi-même, malgré l'espoir, de plus en plus maigre au fil des ans, qui subsistait toujours de te revoir vivant puisque aucune preuve de ta mort n'a jamais été apportée. Alors donc que nous nous sommes résignées quand même à cette mort, voilà que tu réapparais, et que ta réapparition, après ce pénible travail de deuil, prend toutes les allures d'une résurrection ! Comme un miracle, par définition baigné de larmes de joie... Tu te décides donc à ressusciter, pas le troisième jour mais la vingt-neuvième année, et nous sommes en droit de penser que cette démarche, qui intervient après une si longue absence, sera dénuée de toute vindicte, de tout ressentiment, de toute agressivité.

— Tu te flagelles toi-même dans la sonde que tu m'as envoyée le mois dernier, tu dis que tu comprendrais très bien que je t'en veuille de ta lâcheté, de ta complicité avec la sorcière. Mais ce n'est pas cela du tout. Je te vois là, après une interruption de vingt-neuf ans, et je me rends brusquement à l'évidence qu'il ne s'est rien passé entre toi et moi dans cet intervalle, que nous reprenons la conversation d'antan avec les mêmes réflexes qui semblaient disparus mais n'étaient qu'enfouis, en latence, en léthargie et prêts à l'emploi. Tu n'as pas évolué pour moi, je te reprends à l'instant où je t'ai quittée, je dois combler les vides de ton histoire comme tu dois combler les miens. C'est aussi simple que ça. Nous ne nous connaissons que tels que nous étions, et nous devons apprendre à connaître ce que nous sommes devenus.

Apolline l'embrasse, soulagée

(« c'est pareil pour la sorcière, lui souffle-t-il à l'oreille, pour l'instant, elle est toujours la salope que j'ai connue »),

au moment où Édouard se rapproche à pas lents.

— Excuse-nous, lui dit-elle, enjouée, tu dois te sentir un peu isolé...

— Ne te tracasse pas pour moi, ma chérie, je ne suis pas complètement borné et j'ai conscience que la nuit va être longue pour vous deux ! Vous devriez enregistrer la conversation, ce genre de choses n'arrive pas tous les jours...

La bâtisse du fond a été sobrement aménagée en atelier, avec un coin pour peindre

(c'est le passe-temps de Marina).

Puis ils entrent dans la maison d'habitation. Les enfants sont descendus au rez-de-chaussée, dans le grand séjour qui fait face à la cuisine, de l'autre côté de la cage d'escalier.

— Voilà Alexandra, comme Kollontaï la rebelle que tu as sans doute lue, ou comme David-Neel, c'est pas mal non plus, et Ernesto, comme...

Il se met à rire.

— Guevara m'avait dit : « Si tu as un fils, je serai son parrain ! » Ce qui signifiait dans sa bouche qu'il en ferait un combattant exemplaire ! Treize ans après son assassinat, je ne pouvais pas faire moins que d'appeler mon fils Ernesto...

Ne serait-ce les cheveux d'Ernesto, plus clairs, comme ceux de Marina, Apolline croit voir Antoine adolescent se déplacer, même manière d'avancer à amples enjambées, et elle ne peut réprimer un temps d'arrêt dans sa respiration quand son neveu passe devant elle pour aller s'accouder au piano à queue qui mange tout un angle de la pièce.

— Tu vois ce piano, c'est le seul luxe de cette maison. Outre bien sûr que notre façon de vivre constitue en soi un luxe inchiffrable...

Apolline se souvient, les larmes aux yeux, qu'Antoine avait tanné sa mère, dès l'âge de cinq ans, pour avoir un piano. L'été en Auvergne, chez leurs grands-parents, il disparaissait parfois plusieurs heures pour aller au presbytère voisin et demander au curé s'il pouvait entrer dans l'église jouer de l'harmonium, et il improvisait avec une stupéfiante facilité. Mais malgré ses dons et son désir impérieux, madame Desmoulins était demeurée inflexible. « Pas de piano chez moi ! Pour que tu me casses les oreilles avec tes gammes, ah ça non ! Tu veux me rendre folle. Il y a bien assez de vacarme pour ne pas ajouter celui-là. »

— Je devine à quoi tu penses, dit Antoine en ramenant sa sœur à l'instant présent. Et je crois qu'à l'époque, j'aurais pardonné toutes ses brimades, toutes ses saloperies, si elle avait cédé sur le piano, seulement le piano. Ce refus obstiné, méchant, je ne l'ai jamais accepté, et c'est à partir de là que je n'ai plus rien demandé, puisque je savais que tout me serait refusé sans motif valable, simplement parce que je le demandais. Alors ce piano, tu imagines ce qu'il représente pour moi... Un jour, ça faisait deux ans que nous habitions ici — au fait nous sommes là depuis seize ans —, j'ai vu arriver un gros camion. J'étais en train de biner les pommes de terre dans le champ du bas et Marina faisait sa classe dans l'école primaire de Châteaulin où elle est institutrice. « Desmoulins, c'est bien ici? » Et je les ai vus, ébahi, décharger cet énorme piano! C'était la surprise de Marina, je lui avais parlé un peu de mon enfance, de mon passé, et elle avait économisé jusqu'à ce qu'elle trouve une bonne occasion à Quimper, sans rien me dire.

— J'avais étudié la musique quand j'étais gosse, interrompt Marina d'une voix douce et posée

(Apolline la trouve jolie, naturelle comme son visage qui ignore les fards),

et ça me plaisait bien, cette idée de me remettre au piano en même temps qu'Antoine réaliserait enfin ce vieux rêve d'enfant.

— Maintenant Marina ne prend plus de cours, elle est meilleure que notre ancien prof! Les enfants et moi, bien que Marina nous guide à la maison, nous continuons à aller à Châteaulin de temps en temps, il y a un jeune prof qui a changé nos méthodes de travail, et ce genre de remise en question est utile pour progresser encore, mais je sens que c'est nous qui lui donnerons bientôt des leçons !

Peu à peu, tout le monde se mêle à la conversation, même Édouard qui a préféré avec élégance faire preuve de réserve. Certes, Antoine se montre le plus bavard, mais le plus sollicité aussi par les questions. Les enfants montent dans leurs chambres après le dessert : Marina avait acheté un sorbet au chocolat noir, Édouard et Apolline avaient apporté le champagne, un carton de Veuve Cliquot 1982

(elle a l'impression soudain que c'est une manie très parisienne, donc pas de très bon goût, mais constate que c'est très apprécié).

Édouard ne tarit pas d'éloges sur la bonne éducation d'Alexandra et d'Ernesto, et note leur aptitude à intervenir sur des sujets dont la plupart des petits citadins qu'il rencontre chez ses amis sont incapables d'avoir la moindre opinion.

— Je crois qu'il ne faut pas isoler les enfants, commente Antoine, et il faut toujours prendre en compte ce qu'ils vous disent. Nous nous efforçons de les laisser baigner dans la réalité tout en leur permettant de trouver chez eux et parmi nos amis un discours pédagogique qui les amène peu à peu à une prise de conscience de principes essentiels hors desquels l'humanité n'est qu'une termitière de ploucs, un immense chenil de clébards affamés où les plus gros bouffent les plus petits, bref tout ce qui constitue l'actuelle structure de ce qui s'attribue un peu vite le nom de civilisation. Notre expérience de révolutionnaires (j'ai connu Marina en Bolivie) aura servi au moins à ça. Avoir des enfants qui portent sur le monde qui nous entoure un regard sainement critique et puissent peut-être poursuivre un jour le combat pour moins d'injustice et moins de cynisme.

— Ils n'ont pas du tout l'air désabusés ni violents, s'étonne Apolline.

— Ils savent que rien ne changera par la révolution ou la violence idéologiques. Le système régi par l'empire du capital possède une logique, et il est clair qu'il est à sa fin, que plus rien ni personne ne peut le sauver. Il sécrète déjà un peu partout sa propre gangrène, son propre pourrissement, sans qu'aucun mouvement de type révolutionnaire s'en mêle. Il n'y a plus qu'à attendre qu'il s'écroule comme un château de cartes. Vouloir hâter sa chute par des actions n'amène que l'effet contraire, car l'histoire a montré que le capital a finalement toujours vampirisé l'idéal révolutionnaire. Face à l'hydre malfaisante, nous adoptons la stratégie des arts martiaux de défense, judo ou aïkido, dans lesquels on se sert du poids de l'adversaire et de sa force brutale pour mieux le clouer au sol. Attendons, regardons et vivons. Quand l'absurdité sera à son comble et que cet échafaudage de corruption se sera autodétruit, mangé par sa propre avidité, nous serons de ceux qui seront prêts depuis longtemps à construire autre chose. Nous ne serons pas pris au dépourvu par le cataclysme.

Antoine et Apolline restent seuls après le dîner. Elle l'écoute parler avec l'étrange sensation que cet homme, ce quadragénaire toujours en mal d'utopies, est l'adolescent d'autrefois tout en ne l'étant plus. L'apparence, la voix, la famille, le discours dépassionné s'opposent aux mots, au visage angélique, aux yeux chargés d'animosité dont elle avait gardé le souvenir.

Apolline rejoint Édouard dans la chambre d'amis, au-dessus de l'atelier, à une heure avancée de la nuit. Édouard est assis dans le lit et annote une thèse de doctorat d'un de ses étudiants.

— Que penses-tu des idées d'Antoine ?

— C'est intéressant, mais moi, je n'ai plus une grande confiance dans la prétendue logique des structures.

Elle est tournée vers son sac de voyage et ne le voit pas ramper derrière elle. Quand elle le sent soudain passer sous sa jupe et s'accroupir entre ses cuisses, il est trop tard.

— Tu es vraiment un vieux dégoûtant, mon amour, dit-elle en secouant les cheveux et en poussant de petits cris de plaisir.

— N'oublie quand même pas dans quelles circonstances nous nous sommes rencontrés, ma chérie, entend-elle tout contre son bas-ventre.

Derrière la respiration discrète d'Édouard qui s'est endormi comme une masse aussitôt après l'amour, Apolline perçoit des bruits indéchiffrables et angoissants, parfois des craquements sourds qu'elle guette ensuite en pensant combien elle serait terrorisée si elle était abandonnée ici à la solitude. La raison lui dicte qu'elle est plus en sécurité dans l'isolement de cette ferme bretonne que dans n'importe quel appartement ou pavillon de la région parisienne, mais le difficile contrôle d'un instinct de peur qui prend sa source dans la nuit la plus reculée des premiers temps de l'humanité la rassure, paradoxe qu'elle entretient car elle aime assez l'idée que reste présente, nichée au cœur de l'homme comme pour déstabiliser l'arrogante et illusoire omnipotence de la rationalisation scientifique, une Atlantide intérieure, un continent invisible qui reprend ses droits après tant de siècles d'efforts pour le mater puis l'engloutir, et qui resurgit impromptu à la faveur d'un son peu familier ou d'un décor étranger soudain capables de faire vaciller le robot si sûr de son savoir. Cette peur du noir et des bruits nocturnes qu'elle ignore à Paris où ne règne jamais le silence et où tout se confond dans un bourdonnement diffus que l'on n'entend même plus, elle ne l'avait jamais apprivoisée tout à fait quand, enfant, elle séjournait chez ses grands-parents dans la campagne auvergnate ; elle se rappelle avoir passé des nuits blanches et de terreur, tout entière sous les couvertures et seules les narines offertes à l'air de la chambre, à scruter ce silence qui donnait un inquiétant relief aux battements de son cœur, à sa respiration, aux froissements imperceptibles des mouvements qu'elle réprimait sous le drap, et elle avait fini peu à peu par identifier tous les bruits incongrus qui perçaient cette désolation sonore : la troisième marche de l'escalier qui gémissait à intervalles réguliers, les plaintes graves du grand buffet de la salle à manger dont une porte mal fermée s'ouvrait insensiblement tout au long de la nuit, par petits à-coups, et par grand vent les branches d'arbres qui frôlaient la toiture et les murs comme la robe traînante d'un fantôme. Cela n'avait jamais suffi à leur enlever tout leur mystère et leur capacité de répandre les frissons : que le craquement fût à peine différent, qu'il sonnât plus aigu ou plus lugubre, que la bourrasque plus virulente accentuât l'attouchement des branches contre la maison ou que le tonnerre vînt troubler l'habituelle ritournelle nocturne, et elle était à nouveau livrée à son imagination et ne s'endormait qu'à point d'heure, succombant malgré elle à la fatigue extrême et convaincue le lendemain d'être restée éveillée toute la nuit. Les orages aussi, à Paris, l'indiffèrent, comme si savoir que tant de gens vivent la même chose au même instant était une assurance contre la peur et le danger.

Bien qu'elle soit consciente d'être absurde, elle ne comprend pas vraiment comment Antoine, Marina et leurs enfants peuvent échapper toutes les nuits à ces irrépressibles angoisses, comment Édouard à côté d'elle dort avec autant de sérénité. Elle allume la lampe de chevet, a la tentation de le réveiller mais n'en fait rien, et le regarde avec une tendresse presque maternelle. Elle sourit, ce qui lui fait oublier l'arsenal des bruits qui la hantaient, au spectacle de sa lèvre inférieure qui tombe plus encore quand le sommeil relâche les muscles faciaux, comme si elle se déroulait vers l'extérieur de la bouche, et elle murmure avec une mine pleine d'une sorte de compassion : « De tous les hommes qui ont croisé ma route depuis Moncef, il faut que je sois tombée amoureuse du plus vieux et du plus laid ! » Et elle s'endort enfin, une main posée sur le sexe ramolli mais pas totalement rabougri d'Édouard.

Quand elle se réveille, il n'est plus dans le lit ni même dans la chambre. Il est déjà neuf heures — le jour balbutie à peine —, et elle en est surprise et honteuse, elle qui se vante sans mentir de se lever toujours tôt quelle qu'ait été la nuit qu'elle a passée. Marina est déjà partie depuis longtemps avec les enfants qu'elle dépose à la gare de Châteaulin où ils prennent le train pour Quimper, car ils fréquentent le lycée de la préfecture mais n'ont pas choisi l'internat. Dans la cuisine, attablés devant une tasse de café qui ne doit pas être la première, elle trouve Édouard et Antoine en grande discussion.

— Ton chocolat est prêt, dit Antoine. Il n'y a qu'à le réchauffer. C'est de la poudre, tu m'excuseras, mais je crois que c'est quand même du bon, du hollandais sans trop de cochonneries dedans. Si ce n'est pas assez fort...

Et il lui tend une boîte en métal toute neuve, preuve que c'est pour elle, spécialement, qu'il y a ce chocolat dans la maison. Elle en est émue et le remercie.

— De quoi parliez-vous ? si je ne suis pas indiscrète.

— Ton frère m'expliquait comment Marina et lui se répartissent les rôles. Le travail d'institutrice de Marina permet la couverture sociale de toute la famille, et Antoine s'occupe de la maison, des bêtes, de la terre.

— Au total le revenu est fort modeste, mais nous mangeons nos légumes, les œufs de nos poules, nous consommons le lait de nos vaches et les fromages et le beurre que je fabrique moi-même, bref nous produisons environ la moitié de nos besoins en nourriture. Il faut surtout acheter le poisson et la viande, on ne peut pas manger du poulet et du lapin tout le temps, et il n'y aurait pas assez avec ce que nous élevons ici. Un jour, le père de Marina, grâce auquel il est vrai nous avons pu acheter pour pas cher cette ferme alors en décrépitude, nous a attaqués durement : « Finalement, pour d'anciens révolutionnaires, vous vivez comme des retraités ! Toi en particulier, Antoine, tu es bien content que la démocratie française que tu fustiges tant t'autorise ce style de vie tout en t'assurant toutes les protections sociales sur le dos de Marina ! » Il ne plaisantait pas, alors je l'ai foutu dehors en lui criant aux oreilles que quelles que soient mes idées, je n'allais tout de même pas crever de faim ou de maladie pour faire plaisir aux vieux cons de son espèce. Il est revenu quelques jours plus tard en s'excusant : « Tu as raison, je me suis comporté comme un vieux con. Après tout, Marina et toi, vous êtes en règle avec vous-mêmes, elle travaille à éduquer la jeunesse, toi tu abats ta part de boulot au sein de votre famille, et vous vous compromettez aussi peu que possible avec le système de l'argent... »

Apolline approuve du chef.

— Ton beau-père n'est pas un imbécile, dit-elle. Tu as de la chance.

— Ce n'est pas comme la sorcière avec son paquet d'actions ! fait méchamment Antoine. Elle a dû être gâtée ces dernières années, avec la Bourse socialiste qui a fait gagner le gros lot aux spéculateurs de toute pointure !

Apolline raconte comment madame Desmoulins l'avait tannée lors de la vague des privatisations qui avaient eu lieu quelques années plus tôt.

— Je me suis d'abord bêtement opposée, en essayant de lui expliquer que je n'allais pas participer à ce que j'estime être le cancer du monde !

Mais quand j'ai vu qu'elle ne pouvait pas comprendre, j'ai cédé et je lui ai menti, et je lui ai dit que j'avais placé mes économies comme elle me l'avait conseillé. Je l'ai même devancée, il y a un mois au moment de la privatisation de ma banque — enfin, ma banque, c'est une façon de parler ! — en lui faisant croire que j'avais acheté pour une belle somme de ces actions bradées pour attirer le gogo.

— À propos de ces privatisations, interrompt Édouard, il suffit d'être conscient qu'il s'agit avant tout d'une manœuvre qui consiste à lier à la marche de ce système un maximum de gens brassant individuellement peu d'argent. Ce qui est consternant, c'est de constater ensuite qu'un capital même très modeste engagé dans la grande course au profit établit une complicité perverse avec le monde véreux de l'argent. Certains se sentent subitement solidaires de tous les gros spéculateurs alors que la vérité est qu'ils sont coincés, qu'ils n'osent plus revendiquer de peur de perdre leur ridicule participation à la farce. Quant à moi, mes enfants, j'ai d'autres passions, dans cette vie qui est courte, que les grandes causes. Il y a longtemps d'ailleurs que j'ai abandonné les bannières militantes et j'avoue qu'en attendant que tout s'autodétruise — pour reprendre l'idée qu'Antoine formulait hier soir — il n'y a aucune raison pour que je me fasse totalement gruger...

— Tu étais au Parti au début des années cinquante, à ce que je crois savoir ? demanda Antoine.

— Je l'ai quitté à vingt-deux ans. Non pas que

les idéaux professés par le marxisme et dévoyés par le Parti n'aient pas eu mon adhésion, mais ce qui m'a dégoûté, ce sont les structures, que j'ai ensuite observées dans les années soixante et soixante-dix au sein de tous les tristes groupuscules d'extrême-gauche, qui reproduisaient tous les mêmes schémas éculés, avec toutes ces grandes gueules avides de devenir de petits potentats. Beaucoup d'ailleurs sont passés du col Mao au Rotary, pour reprendre la belle formule de Guy Hocquenghem, aussi acharnés à mettre du beurre dans leurs épinards par tous les moyens qu'ils l'étaient autrefois à gloser sur la cause du peuple ! Si la seule alternative à des structures sociales que je haïssais, c'était ça, eh bien, je préférais encore me plonger dans ce qui me passionnait, dans l'étude de l'Antiquité méditerranéenne et... dans les plaisirs de la chair, évidemment...

— Je n'ai certes pas ta connaissance de l'histoire antique, dit Apolline, mais les philosophes de l'Antiquité m'ont obligée à y poser des repères plus fouillés, moins événementiels que ceux du vieux Malet et Isaac que j'avais au lycée. La philosophie m'a amenée à l'histoire, du moins pour cette période qui, plus que toute autre, forme un ensemble avec un début, un apogée, une fin, et qui à ce titre est tellement riche d'enseignements qu'on en peut tirer des leçons sur presque tout ce qui touche aux comportements humains de notre époque...

Sur la proposition d'Antoine, ils décident d'un circuit en voiture qui les mène jusqu'au port moribond de Camaret et à la pointe de Pen-Hir d'où l'on domine les trois blocs déchiquetés des Tas de Pois et où par temps clair l'on distingue la pointe du Raz et l'île de Sein

(ce n'est pas le cas aujourd'hui),

puis les ramène par Crozon vers la baie de Douarnenez qu'ils abordent par la descente sur Pentrez. Ils mangent dans une crêperie de Plonevez-Porzay : « C'est la meilleure du département », affirme Antoine qui tient à régler l'addition. « C'est mon fief ! » plaisante-t-il.

Ils parlent de tout et de rien, se posent des questions, cherchent à combler l'ignorance qu'ils ont les uns des autres, ne s'étonnent plus de leurs concordances de vues. En réponse à une allusion de son frère, Apolline évoque, évasive, le docteur Denis, « toujours fidèle à l'immeuble, à la retraite maintenant mais portant beau pour son âge... ». L'après-midi, ils visitent rapidement Locronan, « on y a tourné plusieurs films, parmi lesquels un mauvais sur les Chouans », explique Antoine, puis Douarnenez où, laissant les deux hommes marcher ensemble vers le musée, Apolline achète du poisson, de la viande et diverses denrées, car elle veut s'occuper du repas du soir et de ceux du samedi afin que son frère et Marina soient libérés des contraintes quotidiennes. Ils sont juste à l'heure pour récupérer Ernesto et Alexandra à la sortie du lycée de Quimper, alors que les nuages se dispersent un peu pour qu'apparaisse enfin le soleil.

Ils quittent la ferme le dimanche matin avant le lever du jour, autant pour ne pas circuler au moment des grandes rentrées nocturnes dans Paris que parce que Apolline a envie d'honorer sa visite dominicale à madame Desmoulins

(c'était sa messe à elle, en quelque sorte)

pour tout lui raconter, ce qui la divertira peut-être, l'agacera sûrement. Elle n'a jamais vu, depuis qu'elle le connaît, Édouard aussi joyeux, aussi décontracté.

— Ces deux journées chez ton frère m'ont donné l'impression d'une parenthèse d'irréalité dans le cours du temps, dit-il. Sans doute parce que tout y était différent de ce que je vis d'habitude, le décor, les gens, la conversation sans chichis...

Apolline ne regrette rien, elle se félicite d'avoir précipité la rencontre, tout en convenant qu'elle appréhendait ce voyage. Elle est heureuse et délivrée qu'il n'y ait pas une fatalité des retrouvailles vécues comme des règlements de compte, comme le lui avait soufflé Jean-Baptiste à son retour de Lyon. Elle craignait que le fossé d'antan se fût creusé plus encore, que l'incompréhension fût devenue totale, irréversible et la rupture consommée, au lieu de quoi elle se sent beaucoup plus proche d'Antoine aujourd'hui qu'autrefois, le fossé s'est rétréci en un échange de regards, de paroles, au point de se réduire à un malentendu réglé à tout jamais, comme tombé de lui-même dans l'oubli. Tandis que la vieille Citroën file dans les lacets perchés au-dessus du lac de Guerlédan aussi opaque qu'un loch aux eaux ténébreuses, Apolline a la certitude et la sensation magique d'avoir rattrapé le temps. Elle sait que le lien avec Antoine ne pourra plus se dénouer et elle aime cette vie qui, à côté des horreurs du monde, autorise de tels bonheurs.

Ils ne s'arrêtent que pour faire le plein d'essence, et se sustentent sans descendre de voiture, tout en roulant, de sandwiches au beurre salé remplis de jambon cru ou de fromage qu'elle a préparés tôt le matin et dont Édouard pourrait croire qu'il y en a pour dix. Il n'a pas encore habitué ses yeux à accepter sans étonnement le spectacle d'Apolline se colletant avec les exigences de son estomac

(c'est-à-dire cédant toujours à celles-ci),

et il compte, incrédule et ahuri, la succession de sandwiches et de tablettes de chocolat noir qui défilent entre ses mains depuis le départ. Il se demande comment réagit Apolline lorsqu'elle ne dispose pas de quoi satisfaire sa faim, mais il n'ose pas formuler sa question. « Patience ! la situation se présentera bien un jour », pense-t-il pendant qu'il amorce un dépassement et appuie sur l'accélérateur, à l'écoute, avec le même plaisir qu'autrefois, du puissant moteur qui répond aussitôt à ses sollicitations.

— Tu n'es jamais malade ? ose-t-il malgré tout avec un soupçon de perplexité dans la voix. Je veux dire : ton estomac et ton foie supportent tout ça sans broncher ?

— Ils m'imposent un ménage gastrique deux ou trois fois par an, répond-elle avec un naturel confondant, comme s'il s'agissait d'une question très banale et pas du tout embarrassante. Oui, deux ou trois fois, pas plus. En général, ça commence dans l'après-midi. Je digère mal le déjeuner, j'ai des flatulences et des ballonnements qui m'indisposent mais ne font pas souffrir. Mais je ne suis pas raisonnable, je fais fi bravement de ces symptômes et je continue à grignoter, à manger du chocolat, voire à ne pas annuler un dîner déjà prévu. Je sais que je serai malade mais je me dis que cette fois, peut-être, je passerai à travers. Et c'est en me couchant que tout se gâte vraiment. Je n'arrive pas à trouver le sommeil, je me sens bloquée de partout, près d'exploser, comme si quelque chose gonflait en moi et poussait à l'intérieur dans toutes les directions sans pouvoir sortir ! Tu rigoles ? Mais c'est un véritable supplice ! Tout à coup, il faut que je me lève en trombe et je fonce aux toilettes. C'est le début de la délivrance, ça se libère alternativement par les deux côtés, mais il faudra deux ou trois heures de souffrances pour que tout soit évacué.

— Ma pauvre Apolline ! murmure Édouard qui ne trouve rien d'autre à dire.

— Je parviens alors à m'endormir, mais je suis crevée, littéralement vidée, quoi ! J'ai besoin de toute la journée du lendemain pour me retaper un peu : je reste au lit, je ne mange pas jusqu'au surlendemain, je ne fais que boire deux ou trois litres de tisane de thym avec un peu de miel dedans...

C'est l'heure du déjeuner quand ils entrent dans Paris, sans avoir subi un seul ralentissement, et il range le véhicule devant la maison d'Apolline où elle l'invite à s'attarder un moment. Elle n'a pas coupé le chauffage pendant ces journées et il fait bon à l'intérieur. Elle monte faire couler un bain moussant, met un disque que lui a offert Jean-Baptiste, la bande sonore de *Talons aiguilles*, un film de Pedro Almodovar qu'elle aime beaucoup et dont elle finit par savoir les chansons par cœur, sans avoir jamais appris l'espagnol. Mais elle a de l'oreille et se débrouille dans la plupart des langues latines bien qu'elle n'en ait étudié aucune au lycée, hormis la langue mère, le latin bien sûr, en quoi elle excelle encore. Tout en fredonnant sur la voix de Luz Casal les paroles de *Un año de amor*, elle attire Édouard vers la baignoire, qui ne se fait pas prier dès qu'elle commence à le déshabiller, déboutonnant d'une main sa chemise à carreaux de style trappeur

(laquelle tranche avec la tenue de ville qu'il enfile les jours ordinaires),

pendant que l'autre main a déjà investi derrière la fermeture baissée de la braguette les zones chaudes de l'entrejambe. Ses yeux trop rapprochés du visage d'Édouard ne voient plus rien qu'un brouillage enivrant et sa bouche bientôt collée à la sienne oublie volontiers le goût du chocolat. Puis ils s'allongent dans l'eau qui exhale un parfum capiteux de tubéreuse dont elle a versé quelques gouttes en même temps que la substance moussante, comme pour rappeler la nuit chez Jean-Baptiste au cours de laquelle elle a reçu en cadeau le petit flacon à la puissante fragrance. Les initiatives d'Apolline ne déplaisent pas à Édouard qui aime assez à se laisser manipuler, à fermer les yeux en manifestant son bien-être par de longs soupirs précédés de profondes et sonores inspirations qui lui pincent les narines et amincissent son nez qu'il a massif. Elle est particulièrement fascinée par l'excitabilité des tétons d'Édouard. Ce phénomène, elle ne l'a jamais rencontré jusque-là chez aucun homme et naïvement, au souvenir de ses expériences saphiques avec Josyane, elle le croyait réservé aux femmes, mais sa tendance à vouloir diriger les ébats, à dominer le corps de ses partenaires, à les amener à leur propre désir, lui a dès leurs premières effusions fait comprendre le parti actif qu'elle tirerait de cette nouveauté dans sa pratique érotique avec cet amant surprenant.

Édouard la dépose place Daumesnil et ils se fixent rendez-vous pour le mardi soir, après avoir mis au point un système selon quoi ils bloqueront désormais deux nuits par semaine, une fois chez elle le mardi, une fois chez lui le vendredi, avec la possibilité de prolonger l'intimité le samedi et même le dimanche, d'aller au cinéma ou au musée, et même de partir en villégiature hors de Paris

(« en amoureux » prononcent-ils ensemble dans un éclat de rire).

C'est décidé, elle ne cachera rien à sa mère, elle lui dira tout sans détour : qu'elle est allée en Bretagne en compagnie de son amant. Madame Desmoulins paraît tout avaler, non seulement sans sourciller mais en affectant l'enchantement.

— Comme c'est merveilleux tout ce que tu m'annonces, Apolline, comme je suis heureuse ! Tu as enfin dans ta vie un homme convenable pour te prendre sous son aile, je me faisais tant de soucis, ma pauvre fille, je te voyais avec angoisse t'aigrir dans l'âge et la solitude... Professeur au Collège de France ? fichtre, c'est le tapis rouge ! Et puis tu retrouves ton frère, tu te réconcilies avec lui, la famille se reconstruit à nouveau, je pourrai mourir soulagée et sereine...

Apolline n'en croit pas ses oreilles mais sans rien afficher de sa stupéfaction, elle admire combien sa mère, pour l'amadouer afin de lui extorquer mille détails qu'elle passera plus tard au crible et ruminera avec malveillance, a l'art de dissimuler sa véhémence et sa rancœur, de les dompter et de les canaliser dans un flot doucereux et amène de mots presque gentils et déclamés d'une voix suave. Elle se souvient d'une dissertation de français lorsqu'elle était en seconde. Le professeur, un vieux grincheux pète-sec qui arborait une rosette au revers de la veste et portait des guêtres comme un colonial, avait dicté le sujet, qu'il avait tiré du chapitre consacré aux femmes dans *Les Caractères*, et qui avait provoqué quelques murmures dans les rangées, ricanements sournois des garçons et bougonnements discrets des filles :

«La perfidie, si j'ose dire, est une menterie de toute la personne : c'est dans une femme l'art de placer un mot ou une action qui donne le change, et quelquefois de mettre en œuvre des serments et des promesses qui ne lui coûtent pas plus à faire qu'à violer.

Une femme infidèle, si elle est connue pour telle de

la personne intéressée, n'est qu'infidèle ; s'il la croit fidèle, elle est perfide.

On tire ce bien de la perfidie des femmes, qu'elle guérit de la jalousie. »

Seule une petite brunette, une nouvelle qui arrivait d'un autre lycée et que personne ne connaissait, avait protesté ouvertement. C'était Josyane Bunier, avec laquelle Apolline ne s'était liée d'amitié que l'année suivante. Devant l'ordre de se taire ou de prendre séance tenante la porte, Josyane avait obtempéré mais à la sortie, elle avait dénoncé à qui voulait l'entendre « le scandale de ces vieux fachos nostalgiques qui s'accrochent désespérément à leurs valeurs périmées et font porter aux femmes toute la responsabilité des malheurs du monde ». Elle avait eu le culot de rendre un devoir dans lequel elle s'était ingéniée à prouver que tous les maux et les défauts que La Bruyère prêtait aux femmes, loin d'épargner les hommes, les possédaient de manière plus perverse encore parce que « eux, qui détenaient encore la force et le pouvoir, n'hésitaient pas à user de cette fameuse *perfidie* dès qu'ils se sentaient en état de faiblesse ». Elle concluait, insolente, que « seul le maintien des femmes dans un état de soumission les obligeait à se montrer parfois perfides, et que les hommes devaient en assumer la responsabilité au lieu de se couvrir sous les *perfides* assertions de monsieur La Bruyère ». Sa dissertation avait obtenu la meilleure note et avait été lue en classe, et tous avaient aussitôt changé d'avis sur le professeur à la rosette.

Apolline, qui avait pris sa mère pour parangon tellement certains passages du texte collaient à son comportement et à son *caractère*, s'était sentie niaise en écoutant la liberté d'écriture de Josyane Bunier. Elle avait reçu cette dissertation comme un électrochoc, et ce bref laps de temps avait relégué son enfance dans le passé, il avait été l'un de ces déclics qui ponctuent l'existence et jettent un pont entre deux époques, le sésame qui ouvrait le regard sur une autre perception du monde tournée vers l'avenir. Elle songe aujourd'hui que cette impulsion donnée au destin n'est pas forcément le fruit d'un événement affreux

(l'odieuse séance de vaccination chez le docteur Denis, alors qu'elle était en troisième, l'avait bouleversée sans jouer, pense-t-elle, ce rôle de palier menant à une autre phase de la vie).

Elle retrouve cet après-midi à son zénith la perfidie de sa mère, mais comme toujours elle s'attache à lui en gommer les excès, à lui tisser une solide toile d'excuses et de bonnes raisons pour la laver de toute mauvaise intention...

« Antoine a dû s'étonner que tu n'aies pas fondé de famille », se hasarde quand même madame Desmoulins en s'occupant les mains du côté de l'évier, du même ton avec lequel elle eût causé de la pluie et du beau temps.

C'est un sujet qu'Apolline déteste et lorsque sa mère a parfois la mauvaise idée de le mettre sur le tapis, ses réponses évasives ou ses silences suffisent à la décourager d'insister, et elle se contente de marmotter quelques sons incompréhensibles ou, selon son humeur, de lancer quelque méchante pique, mais là, l'occasion est trop belle pour essayer de faire parler sa fille, d'obtenir peut-être une confidence inédite sur la manière dont elle a vécu et semblé accepter sa solitude. « Il y a certes ce professeur dont elle s'est entichée, pense-t-elle, et l'on voit tellement d'hommes en âge d'être grands-pères qui sèment à tout vent ! Mais c'est du côté d'Apolline que ça ne va pas, elle est trop vieille, c'est trop tard... ! À moins que..., ah non ! elle ne serait pas assez folle pour imiter ces mémés couveuses dont on commence à nous faire la réclame ! »

— Où en es-tu avec ta ménopause ? demande-t-elle tout de go.

— Je n'en suis pas encore là, si ça peut te rassurer, répond Apolline sans l'agressivité dont on use souvent lorsqu'on se sent sur la défensive. Mais à quarante-sept ans passés, tu dois te douter que ça ne saurait tarder ! De toute façon, tu connais ma position là-dessus, je t'en ai touché quelques mots il y a fort longtemps et je n'ai pas changé d'avis. Antoine m'a posé la question, tu as visé juste, et je lui ai répondu ce que je pense depuis près de trente ans : la nature humaine est trop laide et le monde est trop cruel pour que j'aie le courage d'y jeter un enfant innocent qui se métamorphosera très vite en une victime, en un profiteur ou un bourreau, ou en un de ces innombrables pions impuissants mais complices passifs de cette laideur et de cette cruauté.

— Tu m'avais déjà dit ces choses-là ? Je n'en ai pas le souvenir... Mais toi, ma pauvre fille, je serais curieuse de savoir dans quelle catégorie tu te ranges ?

Apolline n'a pas envie de s'expliquer sur ces questions, du moins avec sa mère. D'habitude, elle se serait débrouillée pour éviter de s'aventurer dans une telle conversation, tant cela devient difficile à conduire dès que madame Desmoulins s'aheurte à des raisonnements maniant plus d'abstractions que d'événements concrets. Mais cette fois, elle décide de faire front en tâchant de résister à tout mouvement d'exaspération, de ne pas céder à des pulsions coléreuses, ce qui sera d'autant plus méritoire qu'une telle discussion danse dangereusement sur un brasier, sur les charbons encore ardents d'un secret qu'Apolline garde pour soi depuis vingt-six ans. Ni Josyane, ni Moncef, ni Jean-Baptiste, ni Omar, et récemment ni Édouard ni Antoine n'ont été mis dans la confidence, à plus forte raison madame Desmoulins. Apolline vit pourtant avec ce souvenir douloureux et, si elle assume sans faiblesse tous les mensonges qui découlent de la position qu'elle s'est juré de maintenir, elle s'arrange cependant pour imposer l'esquive : elle n'est pas assez masochiste pour mener ainsi un dialogue qui la ferait tant souffrir dans sa chair.

Pendant les événements de Mai 68, malgré les injonctions pressantes de Josyane Bunier, elle n'avait pas participé activement à tout ce qui se tramait à la Sorbonne ou dans le saint des saints des groupuscules politisés, bien que ses idées fussent souvent proches de leur désir profond de bouleverser les structures sociales. Elle n'avait jamais été une militante, l'appartenance à une chapelle quelle qu'elle fût lui faisait peur, car elle se sentait incapable d'en épouser le dogme dans sa totalité. Elle écoutait Josyane avec une bienveillance souvent hypocrite mais avait refusé l'embrigadement qu'elle lui proposait, inlassable, depuis qu'elles se connaissaient. Elle avait déjà la certitude que les êtres humains, pour la plupart dévorés par leurs intérêts ou leurs passions, étaient incapables de trouver, seul garant d'une ébauche d'harmonie universelle, un équilibre entre l'indispensable esprit de solidarité et le légitime respect de leurs égoïsmes. Elle se rappelle certes très bien la montée confuse de la contestation, puis l'évolution de la crise estudiantine et du conflit social généralisé pendant ce printemps-là, qu'elle suivait dans les journaux

(elle en achetait plusieurs chaque jour, qu'elle avait conservés dans un carton d'eau minérale)

et à la radio, mais cette année restait d'abord pour elle celle d'un drame intime dont le film défile encore aujourd'hui avec la même précision. Les choses avaient repris leur cours avec le passage des examens rapidement expédiés et l'arrivée des vacances, qu'elle avait passées avec Josyane à sillonner l'Angleterre. Apolline, qui avait alors vingt et un ans, n'avait encore du sexe que son expérience adolescente et forcée avec le docteur Denis, et ses ébats lesbiens avec sa condisciple. Les hommes pourtant exerçaient sur elle une attraction puissante, et bien qu'elle se surprît souvent — déjà — à oser des regards ou des attitudes presque provocants, un frein intérieur plus impérieux que son désir l'empêchait encore d'être elle-même, la fonceuse sans complexe et maîtresse des situations amoureuses qu'elle deviendrait. Elles avaient séjourné à Londres dans une grande maison près de Kensington, à l'une de ces adresses dont Josyane possédait une liste impressionnante, sorte de réseau de contacts chez lesquels elle débarquait en se recommandant d'un tel ou d'une telle, puis s'installait comme chez elle

(« céans s'y impatronisait », aurait pu dire l'impertinente et lucide Dorine à l'insupportable madame Pernelle),

la connexion se faisant toujours par le biais des idées politiques. « C'est l'Internationale ! » plaisantait-elle.

C'était dans cette maison étrange où elle avait l'impression de rencontrer toujours un nouveau visage au coin d'un couloir qu'Apolline, un soir que Josyane, fatiguée, s'était couchée tôt, avait lié conversation avec un étudiant d'Oxford, un cinéphile qui l'avait convaincue de l'accompagner à une fête que l'on donnait chez quelqu'un

(il ne savait pas trop de qui il s'agissait mais il avait eu cette information, alors pourquoi pas ?)

dans une grande propriété au sud de Londres. Ils étaient partis dans une vieille Rover toute déglinguée et Peter lui avait raconté pendant le trajet qu'il fantasmait sur la Saraghina de Fellini

(il disait avoir vu *Huit et demi* neuf ou dix fois),

et cela avait ému Apolline jusqu'aux larmes, qu'elle avait réussi néanmoins à retenir dans l'obscurité de la voiture. C'était la première fois qu'un garçon avouait devant elle que les femmes énormes l'excitaient, et elle avait compris que c'était une invitation sérieuse. Ce Peter n'avait d'ailleurs rien pour déplaire, il jouait comme deuxième ligne titulaire dans l'équipe de rugby de son université et à la belle saison il pratiquait le décathlon dans l'équipe d'athlétisme. « Une belle bête », pensa

Apolline en le regardant la précéder dans l'allée de cailloux blancs qui menait du parking à la fête, où régnaient une musique bruyante et une atmosphère caligineuse qui n'exhalait pas que l'odeur du tabac. C'était une vaste demeure aristocratique et Peter entra le premier sans qu'on lui demandât une quelconque justification de leur présence. Ils s'approchèrent du bar où l'on servait bière, whisky, jus d'orange et Coca, tandis que Peter soufflait à Apolline le nom du chanteur d'un groupe connu, puis celui d'une actrice anglaise en vogue habillée comme une Indienne, qui parlaient un peu plus loin. Ils demandèrent un whisky-orange, avec très peu de whisky pour Peter. Il accepta aimablement un gros joint qui circulait mais Apolline s'aperçut qu'il faisait semblant d'aspirer l'enivrante fumée. Elle avait eu à Paris maintes occasions de goûter au haschisch, mais elle s'était chaque fois abstenue

(elle avait d'ailleurs suivi l'exemple de Josyane qui prétendait que les drogues étaient un moyen pour le capital d'endormir les gens, en cette époque où le tabac n'était pas à l'ordre du jour, « dans le collimateur, avait dit cette même Josyane lors du récent voyage à Lyon, de ces « pères la Vertu » dont les poumons se sentent offensés par la moindre effluve de cigarette mais qui ne bronchent pas devant la pollution chimique ou nucléaire qui rendra la vie impossible à leurs enfants, et aspirent dans le ravissement les gaz d'échappement de leurs voitures ! »),

mais ce soir-là l'ambiance si libre de cette fête et

le bonheur imprévu de sortir avec ce beau garçon qui s'intéressait à elle l'incitèrent à essayer.

— Tu t'y prends mal, dit Peter en souriant gentiment. Ça ne te fera aucun effet si tu n'inspires pas profondément la fumée !

Elle recommença et se mit d'abord à tousser, mais elle était trop têtue pour renoncer, ne pas aller jusqu'au bout de l'expérience, et elle finit par vaincre l'irritation et à s'emplir de trois bonnes bouffées à la file, dont elle garda le plus longtemps possible en elle, les yeux fermés, le contenu vaporeux. Ce ne fut qu'au bout de quelques minutes, alors que le joint avait continué son voyage vers d'autres lèvres pour dispenser ses effets, qu'elle se sentit bizarre, beaucoup plus réceptive à tout ce qui l'entourait, comme si les couleurs étaient soudain plus éclatantes et les sons plus purs, comme si elle sortait de la caverne pour approcher de plus près l'idée d'un rouge ou d'un vert quasi parfaits, ou celle d'une musique dont tous les craquements parasites eussent été filtrés avant de s'élever vers les astres éternels de l'empyrée. Une sensation inédite de bonheur et de bien-être l'avait envahie, qui lui faisait considérer tout avec une confiante bonhomie. Personne ne semblait la regarder ici comme une bête curieuse, une sorte de monstre toujours en butte à la moquerie, au rejet, une attitude d'autrui qui n'était pas rare dans le cadre de la vie courante et dont à cette époque elle n'avait pas encore pris tout à fait la mesure, malgré l'aide précieuse de Josyane qui depuis quelques années travaillait à la rendre plus résistante aux agressions, l'encourageait à revendiquer fièrement sa différence en lui rabâchant dans son langage direct : « Ceux à qui tu ne plais pas et qui te critiquent, tu les emmerdes et tu leur pisses au cul ! » Dans cet appartement londonien aux allures psychédéliques

(un terme neuf dont on commençait à user depuis à peine un an),

tout semblait baigner, mieux encore que dans un esprit de tolérance, dans l'acceptation totale de chacun tel qu'il était, et Apolline ne s'étonna pas, tandis que *Lucy in the Sky with Diamonds* des Beatles succédait au lunaire *In Another Land* du bassiste des Rolling Stones, Bill Wyman, d'être soudain entraînée dans le jardin, à l'écart de la multitude, et de se retrouver en un rien de temps

(mais sa notion du temps était un peu perturbée)

allongée sur un gazon moelleux et gras, et aussi serré que les points d'un tapis.

Il faisait chaud en cette nuit estivale, assez lourd même, et Apolline touchait pour la première fois de son plein gré le corps d'un homme, le sexe d'un homme dont elle n'avait gardé jusqu'ici dans la bouche qu'une saveur détestable. Elle avait envie de n'être pas une Marie-couche-toi-là qui se contente d'écarter les cuisses en attendant quelque Esprit-Saint, mais de montrer à Peter le tempérament qu'elle étouffait depuis trop longtemps, surtout, devinait-elle, qu'il devait aimer chez les grosses femmes l'image fantasmatique de la matrone

(n'avait-il pas cité, tel un symbole et en guise de sésame, le nom de la Saraghina fellinienne?)
entre les mains de qui le mâle redevient petit garçon et se laisse dorloter, caresser, sauf que les instruments virils ont quitté l'enfance et changé d'apparence, de destination, de signification... Aussi prit-elle l'initiative de s'agenouiller et de répéter ce que le docteur Denis lui avait autrefois imposé

(elle crut en cet instant précis vivre cet acte comme un exorcisme)
et elle sut aussitôt qu'elle ne s'était pas trompée sur son intuition quant au sens du fantasme de Peter, car celui-ci, loin de paraître le moins du monde choqué ou gêné, se pencha au-dessus d'elle en ramenant à pleines mains vers lui ses opulents cheveux d'ébène qu'il allait chercher jusqu'au creux de ses reins pour y plonger son blond visage en émettant d'incoercibles soupirs de plaisir. Puis il s'agenouilla à son tour et se perdit entre ses lourdes mamelles, avant qu'elle se laissât submerger par sa fougue et restât un grand moment immobile, le grand corps du garçon couché sur elle, les bras en croix et reprenant son souffle comme après la dernière épreuve du décathlon. Ils n'avaient pas rejoint la fête et s'étaient endormis comme dans un conte de fées, jusqu'au petit matin où Peter avait raccompagné Apolline dans la maison londonienne de Kensington avant le réveil de Josyane.

Peter n'avait pas laissé d'adresse en promettant de lui écrire. Mais en lieu et place des nouvelles qu'elle attendit avec impatience dès qu'elle fut revenue en France dix jours plus tard, elle dut assez vite admettre que Peter avait inscrit en elle une trace d'un autre style, et que la semence accueillie ce soir d'abandon dans la banlieue de Londres avait trouvé un terrain fertile. Apolline était terrorisée. Elle avait été tellement bloquée à l'idée de toucher un homme, tellement persuadée de ne jamais céder à une pareille situation, que bien qu'elle fût majeure depuis le début de l'année et qu'elle pût agir à sa guise, elle n'avait pas daigné prêter attention aux possibilités nouvelles qu'offrait aux jeunes filles la pilule contraceptive autorisée en France depuis deux ans. Finalement, après avoir retourné dans sa tête toutes les stratégies, elle avait décidé de garder pour soi cet engrossement et de profiter de sa grosseur naturelle

(dans quoi se fondrait sa grossesse sans qu'on la remarquât)

pour ne pas paniquer avant de trouver un moyen d'avorter. Elle s'était renseignée et avait constaté avec horreur qu'en théorie, une loi pétainiste jamais abrogée assimilait l'avortement à un crime contre la sûreté de l'État : c'était passible de la peine de mort, et une avorteuse avait bel et bien été exécutée en 1943 ! Elle se rappela pourtant le cas d'une adolescente de la campagne auvergnate lorsqu'elle-même était enfant, en vacances chez ses grands-parents. Le bruit courait que son père l'avait mise enceinte plusieurs fois et que la malheureuse avait été délivrée par sa propre mère, qu'on n'hésitait pas à appeler tout bas dans le village la faiseuse d'anges. Certes, il n'y avait aucune preuve, mais Apolline argua auprès de sa mère que la rentrée universitaire n'était qu'en novembre pour aller rendre visite à sa grand-mère

(le grand-père était mort depuis plusieurs années déjà)

et séjourner un peu au calme à engranger de bonnes lectures. Elle était partie à tout hasard en emportant toutes ses économies

(l'argent que lui distillait avec parcimonie madame Desmoulins et le fruit des leçons de français-latin qu'elle donnait à des lycéens depuis qu'elle était en faculté, grâce à des annonces affichées chez les commerçants du quartier Daumesnil qui la connaissaient depuis toujours),

mais la faiseuse d'anges, qui était devenue veuve, n'accepta pas un sou ; c'était une femme bourrue mais Apolline lisait dans son maintien et dans son regard qu'elle avait souffert et qu'elle n'avait pas besoin d'explications pour comprendre le désarroi des autres. Tout se passa en silence et sans douleur, et Apolline ne put s'empêcher de lui baiser la main dans un élan machinal et sincère.

— Vois-tu, maman, reprend-elle, je me sens tout à la fois une victime, une profiteuse, une complice honteuse des bourreaux, cela dépend de la manière de se situer dans l'instant présent ; après tout, c'est assez banal, non ? Mais puisque tu veux la vérité sur les enfants, je vais te la dire, car j'en suis aujourd'hui capable sans crainte de ton opprobre, sans peur de regarder ma vie en face.

Elle raconte en l'édulcorant l'histoire de l'avortement clandestin en Auvergne et malgré ses précautions oratoires, elle voit sa mère suffoquer et doit l'aider à s'asseoir pour qu'elle ne tombe pas.

— Depuis 1968, maman, je me suis blindée comme j'ai pu contre l'idée de maternité, d'abord à cause du choc que j'ai eu, ensuite parce que toutes mes tentatives d'avoir un enfant avec mes amis successifs, ou même avec des hommes de rencontre, ont échoué. Comme si quelque chose d'impalpable au fond de moi mettait un frein à ce désir, lui interdisait de se concrétiser dans ma chair. Comme si une force invisible dominait ma conscience. Aujourd'hui, je me suis fait une raison, même si cela ne me fait pas plaisir...

Madame Desmoulins réagit avec célérité à son accablement et se ressaisit, comme à son habitude, en tendant le cou vers le haut et en toussotant, donnant l'impression que ce qui a été dit n'a pas d'importance, ou a déjà été digéré. Elle se lève de sa chaise en murmurant simplement : « Ma pauvre fille ! », d'un ton dénué de tout sentiment de compassion, de désolation ou de reproche.

— Et puis si ! poursuit soudain Apolline en regardant sa mère droit dans les yeux. Après tout, je suis bien contente maintenant... Je n'ai plus aucun regret. Tous les arguments que j'invoquais à contrecœur, comme des excuses, des alibis, pour expliquer ce prétendu non-désir d'enfant, finalement je les revendique aujourd'hui avec la plus grande sincérité. Mon mensonge se révèle avoir été ma vérité profonde. En fait je suis heureuse que le destin — appelons ça comme ça — ait refusé que j'accède à ce désir, à ce besoin imaginaire, à ce caprice...

— Tu es en plein délire, ma pauvre fille. Comment peux-tu appeler besoin imaginaire, caprice, l'instinct de perpétuation de l'espèce, qui est la chose la plus naturelle au monde ? C'est absurde, le sujet ne mérite même pas d'être discuté... Enfin, quel sens donner à la vie si on ne la transmet pas, si on ne continue pas la chaîne !

Apolline aimerait hurler qu'elle n'a pas besoin de ça, de cette illusion, parce qu'elle est heureuse d'avoir compris et admis que chaque être humain est une *fin en soi*, non plus dans le sens dégagé par Kant en opposition à la chose qui n'est qu'un *moyen*, mais dans un sens beaucoup plus simple, beaucoup plus premier, selon quoi, pense-t-elle, « il faut se faire une raison de sa finitude, l'accepter totalement si l'on veut accéder à une quelconque idée du bonheur qui ne soit pas fondée sur une projection de soi dans la descendance ou dans l'espoir de l'au-delà, attitudes qui tentent justement de masquer l'angoisse de cette finitude ».

Elle se tait, casse un carré de chocolat qu'elle mastique en faisant la moue comme une petite fille, attitude la plus simple pour désamorcer l'engrenage, pour revenir en arrière, pour faire avorter cette tentative de dialogue, tandis qu'elle constate une fois de plus combien l'intolérance et la rigidité de sa mère ont construit autour d'elle une forteresse inébranlable, un îlot de résistance imprenable contre tout ce qui dérange le bon ordonnancement de ses certitudes. Ses tympans se ferment aux paroles que madame Desmoulins débite avec assurance en hochant la tête, comme si d'ailleurs selon une habitude fort ancienne elle n'avait d'autre interlocuteur que soi-même, ce qui donne à Apolline l'impression d'assister à une scène de film muet. Elle observe attendrie la vieille dame toujours coquette et digne débiter ses sornettes, elle songe qu'il est impossible d'exister sans quelque dose d'intolérance, parce qu'il y a un seuil de tolérance au-delà duquel on entre dans la négation de soi, dans le marais puant de ces consensus tous azimuts aux vertus desquels on veut nous faire croire à tout prix. Elle se dit qu'au cours de l'année, elle lancera un sujet du style «Les vices cachés de la tolérance»

(ou bien «L'intolérance en tant que résistance, la tolérance en tant qu'abandon», ou encore «À la recherche du Bien et du Mal à travers l'ambiguïté d'un concept : l'intolérance»)

comme thème de réflexion et débat d'une heure avec l'une de ses classes, cette méthode de travail collectif dont elle est de plus en plus convaincue qu'elle stimule ses élèves, les mène à réagir, à «rebondir» comme on dit volontiers, à enchaîner les idées, à appliquer concrètement la maxime léguée par son ancien professeur de lycée, un Béarnais qui la tenait lui-même d'un de ses éminents professeurs à la faculté de Bordeaux, et selon quoi «la philosophie, c'est savoir ce qu'on dit et pourquoi on le dit», principe que n'appliquent guère ses collègues dans leur méthode de travail, et auxquels elle a coutume de répliquer quand ils la critiquent, pas toujours avec bienveillance : «Moi, pendant cette année de baccalauréat, mon ambition est d'amener mes élèves à réussir au mieux leur épreuve de philosophie à l'examen, et cela dépend, pour la plupart d'entre eux, de la manière dont ils auront perçu cette matière souvent déroutante. C'est pourquoi tout mon enseignement repose sur les trois principes suivants : apprendre aux élèves à manier les concepts, tenter de leur faire prendre conscience du système qui régit actuellement leur système de pensée, leur donner enfin les outils pour réfléchir.»

Et d'ajouter *in petto* en ricanant : «Vous qui vous contentez de réciter votre vieux cours décrépit sans en changer une virgule depuis vingt ou trente ans, vous n'êtes qu'une bande d'envieux parce que vous crevez de rage de voir que le pourcentage de succès dans mes classes à l'épreuve de philo a toujours, sous le sceau du secret de l'examen, dépassé le vôtre. Alors causez mes lapins, et remettez-vous un peu en question!» Elle était intervenue une fois dans une discussion à la salle des profs à l'occasion d'une énième prévision de réforme gouvernementale, et avait suscité l'indignation : «C'est un peu difficile à admettre peut-être, mais les gouvernements y verraient beaucoup plus clair si avant de manifester leurs velléités de réformite qui ne sont que des mots, ils avaient l'idée de répondre à une question toute simple : «Pourquoi les élèves de ce pays s'emmerdent-ils autant à l'école?» Ça me paraît une bonne base de réflexion à partir de quoi on peut en arriver à évoquer tous les problèmes de l'enseignement, et même de la société française tout entière ! »

Elle aime parfois ce genre de provocations, qu'elle aurait été incapable de formuler au tout début de sa carrière. Ses collègues la considèrent comme une originale, et au fond, ils l'aiment bien, malgré ses manières un peu rudes de fonceuse qui les incommodent souvent, mais certains avouent quand même qu'Apolline n'a pas son pareil pour obliger les autres à chausser leurs lunettes et à poser leurs regards au-delà de la ligne d'horizon étriquée des effets par lesquels se manifestent les malaises. « Les causes véritables et profondes, avait renchéri un jour le jeune prof de physique qui semble vouer à sa grosse collègue une secrète admiration, jamais l'administration n'en remue la fange, et si on sort du monde de l'enseignement, jamais le pouvoir politique, de quelque bord qu'il soit, ne se risque à les attaquer, comme si le Mal était une situation acquise dont on se contente juste de panser, sans évidemment les guérir, les plaies qu'elle provoque... Et puis, à imaginer qu'on pose sur la table, bien à plat, ces causes réelles et innommables qui produisent partout ces effets négatifs, cela mettrait à jour tellement de situations scandaleuses, tellement de crimes, de compromissions, de complicités..., non, cela est évidemment impossible ! Et paradoxalement, ce serait même néfaste ; regardez les affaires qui touchent le monde politique ! Si ça fait tache d'huile, c'est la démocratie elle-même qui sera en danger... » Quand les ballons qu'elle s'amuse à lancer avec facétie et souvent comme ça, au hasard, en improvisant, lui sont renvoyés par ce genre de répliques qu'elle juge maladroites, un peu naïves et puériles, mais intéressantes, elle quitte la salle des profs en riant toute seule, satisfaite de son bon coup, persuadée qu'à sa manière, elle fait son petit travail personnel contre l'abrutissement et la veulerie qu'engendre le conformisme, cette peur insensée d'avoir un avis à soi et qui ne serait pas celui du troupeau

(c'est-à-dire celui qu'on impose au troupeau, avec des arrière-pensées, forcément),
comme quand elle s'insurgeait contre l'engouement suspect en faveur — par exemple — du *Paris, Texas* de Wim Wenders ou du *Stranger than Paradise* de Jim Jarmusch, ce qui lui avait valu de vérifier parmi ses collègues comment les porte-coton du consensus pouvaient se transformer en petits Goebbels clouant au pilori tous ceux qui émettaient une opinion en désaccord avec la propagande officielle, comment des gens réputés de progrès et respectueux des différences pouvaient se muer en petits roquets totalitaires. Elle est persuadée que du consensus au fascisme, il n'y a qu'un pas, et « ce n'est pas, dit-elle, ce que j'observe autour de moi ni ce que je lis dans les journaux, qui m'incite à penser que cette menace n'est pas suspendue au-dessus de nos têtes ».

Madame Desmoulins s'emploie avec succès à raviver la conversation, à paraître plus enjouée, plus séductrice, et veut même inviter Apolline à dîner au restaurant, laquelle tombe des nues, ne se souvient même plus, tant c'est lointain, de la précédente invitation.

— Allons au Trou Gascon, comme d'habitude ! dit madame Desmoulins sans laisser paraître de malice, tandis qu'Apolline éberluée retrouve en effet dans sa mémoire le dîner hebdomadaire que sa mère lui offrait dans ce restaurant cossu, à quelques secondes de l'appartement, quand elle était encore élève à Paul-Valéry ; elle avait même l'image précise d'Antoine, peu de temps avant qu'il disparaisse, qui les narguait lorsqu'elles se préparaient à « aller s'empiffrer de cuisine rupine, disait-il méprisant, alors qu'un enfant du tiers monde se contenterait de ce que coûte un hors-d'œuvre ou un dessert pour manger à sa faim pendant plusieurs mois ». Était-ce par mauvaise conscience, songe Apolline, que ces détails avaient semblé la déserter pendant tant d'années ?

— Tu verras, insiste madame Desmoulins, ça a changé depuis le temps ! À mon avis, c'est mieux, beaucoup plus inventif..., tu verras...

— Parce que tu y vas souvent ?

— Ah mais, ma fille, je n'ai rien changé à mes habitudes, je dîne là une fois par semaine, en général le vendredi, sauf empêchement exceptionnel.

La repartie, si pleine d'assurance, amuse Apolline qui ne peut s'empêcher de penser en détachant bien les syllabes dans son for intérieur : « La vieille salope ! elle ne me dit bien que ce qu'elle veut, et elle attend plus de vingt ans pour réinviter sa fille ! » Elle se rappelle alors que les invitations avaient cessé dès l'instant qu'elle avait obtenu son poste à

Fontainebleau et qu'elle avait pris son studio de la rue Michel-Chasles, ou plutôt qu'elles s'étaient d'abord espacées pendant le premier trimestre avant que ce rituel disparût complètement, sans commentaire de part et d'autre.

— Et tu y vas toute seule ?

— En général le docteur Denis m'accompagne, ce week-end il n'est pas là, il est allé je ne sais où disputer un tournoi d'échecs...

Le nom du docteur Denis fait tiquer Apolline, qui propose plutôt de boire un verre, parce qu'elle n'a pas le temps de prolonger l'après-midi...

— Comme tu voudras, d'ailleurs, je crois que c'est fermé le dimanche ! Que je suis sotte !

Apolline se sert un whisky, madame Desmoulins « un petit porto », et elles se mettent à parler beaucoup du passé, des films qu'elles ont vus ensemble quand Apolline était enfant : « Tu te souviens de *Désert vivant*, ça t'avait fascinée, tu devais avoir six ans et tu as voulu y retourner trois jeudis de suite..., et *Fantasia* la même chose, tu étais l'attraction dans le métro parce que tu chantais la musique du *Ballet des éléphants*, je ne sais plus ce que c'était, et tu racontais tout fort les aventures de Mickey dans l'épisode de *L'Apprenti sorcier* qui t'avait beaucoup impressionnée..., et *Le Bossu*, c'était du cinéma ! les gentils Jean Marais et Bourvil, les méchants François Chaumette et Jean Le Poulain, ah, qu'est-ce que tu as aimé ça ! Moi aussi d'ailleurs, plus que Walt Disney..., mais plus tard, quand tu as été dans le second cycle puis à la Sorbonne, tu es allée au cinéma de ton côté, ça n'a plus jamais été pareil... »

Apolline est émue de revivre ces vieux souvenirs par la bouche de sa mère, et elle est carrément étonnée quand celle-ci s'enhardit à lancer dans la conversation quelques remarques plus intimes.

— À ton retour d'Angleterre, tu aurais pu me confier tes ennuis, au lieu de tout garder pour toi, murmure-t-elle d'un ton plein de bonne volonté mais qui trahit son manque de conviction. Nous n'avons fait l'une et l'autre que fuir le dialogue dans les commentaires sur le cinéma et dans les sucreries, et j'en suis en grande partie responsable, ma pauvre fille, ne crois pas que je n'en sois pas consciente.

Elle s'en tient cependant à ces brefs aveux, laissant Apolline sur sa faim et serrée par un complexe de culpabilité.

— Ma pauvre petite maman, articule-t-elle, mais aucun son ne parvient à sortir de sa bouche.

Le soir, enfin nue dans sa maison aux volets clos, Apolline — une fois n'est pas coutume — regarde la télévision pour ce qu'elle offre, en direct, en pâture à la France. Mais elle est assez curieuse pour ne pas attendre les informations de la radio. Elle veut savoir si, à moins de six mois des élections présidentielles, l'homme providentiel de l'opposition de gauche se décide, oui ou non, à se présenter. Quand le « candidat virtuel » annonce qu'il se dérobe à la confrontation électorale, quelques mots d'Antoine, prononcés la veille, lui reviennent :

— Je voterai pour la droite en place, avait-il dit d'un ton hilare, face à sa sœur interloquée.

— Mais Antoine, je ne comprends pas. Enfin je ne sais pas, moi, ne vote pas, vote blanc, mais ça !

— Profiter du poids de l'adversaire..., avait-il murmuré en souriant. Que la droite passe, qu'elle continue sans même s'en apercevoir, tant elle est fate et aveuglée par les vapeurs toxiques de ses moteurs défaillants, à œuvrer dans le sens qui mène au pourrissement inéluctable du capitalisme enfin victime de ses propres contradictions, et non de la Révolution militante. Voter pour un pseudo candidat de gauche ne ferait que ralentir ce processus salvateur !

— Mais Antoine, la France est un petit pays, une petite puissance sans influence face au capitalisme international, face au pouvoir mondial de cette finance avec laquelle on confond aujourd'hui l'économie...

— Le processus de pourrissement n'est pas particulier à la France, rassure-toi. Mais notre devoir est de voter pour les partis qui conduiront le plus vite possible à la fin de ce système. Et l'ironie de l'Histoire veut que ce soit ceux qui font tout pour sa pérennité qui en seront les fossoyeurs !

L'écriture ne lui est pas familière, aussi ne prête-t-elle d'abord guère attention à la carte postale sous enveloppe qui représente tout ce qu'elle déteste, un de ces paysages d'îles exotiques avec plages de beau sable interminables et qui semblent prendre devant l'objectif la même pose impersonnelle, sous quelque ciel qu'elles soient vautrées. Elle la laisse traîner sur le buffet de la cuisine quelques jours sans la lire, et elle l'aurait peut-être jetée par pure négligence si d'aventure les prénoms des deux signataires ne lui étaient revenus à la faveur d'une édition de poche de l'*Aurélia* de Nerval que lit une adolescente en face d'elle dans l'autobus, et dont elle a fini par surprendre la couverture, selon sa manie de manifester de la curiosité pour les livres en lesquels sont plongés des inconnus, sans exactement déterminer s'il s'agit de pénétrer avec innocence le secret de leurs pensées, de se rendre complice de l'univers qu'ils explorent, ou bien de violer l'intimité qu'ils forment avec l'œuvre et qu'ils tâchent de préserver avec une sorte de jalousie comme un invisible havre perdu au milieu de la multitude, et cela explique qu'elle doive parfois faire face, empourprée d'une vergogne qu'elle ravale comme une morve gênante, à la réaction hostile et même agressive de ceux qui se sentent ainsi dénudés. Cela peut occuper son attention pendant tout un voyage en autobus ou en métro et travailler encore son esprit pendant le trajet qui lui reste à faire à pied. Ce qui la guide malgré elle vers les lectures des autres, l'incite à guetter avec une exaltation obsessionnelle l'instant où la couverture déflorera un nom, un mot, un titre, ou à capturer par-dessus le bras de son voisin quelques phrases chargées d'une possible réminiscence, c'est peut-être simplement sa relation affective aux livres qu'elle a accoutumé de fréquenter depuis son plus jeune âge, ces vieux livres achetés autrefois par son grand-père, pour la plupart reliés et qui à l'époque lui paraissaient nombreux mais qui remplissaient à peine la petite bibliothèque en noyer reléguée dans la chambre où elle dormait, là-bas en Auvergne. Le soir, dans le silence de la maison endormie, après que la vieille dame était venue l'embrasser et la border sans imaginer que sa petite-fille attendait cet instant en trépignant sous les draps, Apolline rallumait la lampe de chevet, se levait sur la pointe des pieds, se dirigeait vers le meuble en retenant son souffle, tournait lentement la clé sur la porte vitrée qu'elle amenait vers elle en tremblant autant que la septième femme de Barbe-Bleue, saisissait un livre, puis retournait dans son lit et poussait enfin un grand soupir. *De Goupil à Margot* côtoyait de grands livres sur les colonies françaises, quelques Balzac se perdaient à côté de l'*Histoire de France* et l'*Histoire de la Révolution française* de Michelet, toute l'étagère du bas était occupée par une quinzaine d'années — ça s'arrêtait en 1913 — des *Annales littéraires et politiques* réunies en volumes rouges qu'elle considérait comme un trésor, mais il lui arrivait aussi de s'enfoncer dans un *Grand Larousse illustré* en six volumes.

Elle avait été moins intéressée par un *Livre d'or de la santé* en trois tomes, jusqu'au jour

(elle devait avoir onze ans)

où elle s'était aperçue que le troisième, qui aurait pu être fermé à clé mais ne l'était pas et s'intitulait *Volume spécial*, contenait des choses inimaginables, des planches insensées d'organes génitaux des deux sexes dessinés sans pudeur, des articles qui relataient, avec formules en latin à l'appui et qu'elles ne comprenait pas, des cas incroyables. Ces circonstances nocturnes conféraient à ses lectures le goût culpabilisant mais délicieux de la faute, de l'interdit, mais quand elle ouvrait le *Volume spécial* pour lire et relire, stupéfaite, les dizaines de pages qui traitaient de l'onanisme

(elle ne savait pas encore que dans la Bible, le péché d'Onan n'était pas la masturbation mais le *coitus interruptus*)

et d'anomalies sexuelles de toutes sortes, la fillette qu'elle était s'indignait que des médecins pussent être assez pervers pour se complaire à tant de développements scabreux sur des comportements qu'elle jugeait ne relever que de l'intimité des gens. Sa grande hantise était sa crainte de s'assoupir sur un livre et d'être démasquée par sa grand-mère lorsque celle-ci, au petit matin, entrouvrirait la porte et passerait une tête bienveillante, juste pour s'assurer qu'elle avait eu un bon sommeil ; aussi prenait-elle soin, dès qu'elle sentait ses yeux s'alourdir sur les pages jaunies, d'aller ranger son livre et de remettre tout en l'état, bien qu'elle sût que personne d'autre qu'elle n'avait ouvert cette bibliothèque depuis la mort du grand-père. Certains récits la fascinaient tant qu'ils encombraient ensuite son imagination jusqu'à l'irrépressible chavirement dans le sommeil ; mais les tribulations de René Caillé en Afrique noire, les aventures de la *Vaillante Mère* de Marie de Grand'Maison ou l'histoire des trois jeunes filles du *Courage et Dévouement* de l'oublié Charles Deslys n'avaient pas beaucoup d'arguments pour résister à l'impact ravageur qu'avait sur elle le bon docteur Deschamps lorsqu'il traduisait de l'allemand et adaptait en français les pratiques sexuelles des « uraniens » et des « tribades », et mettait en garde contre les excès de la masturbation et du coït.

À la mort de sa grand-mère, Apolline avait réussi à récupérer les livres de cette bibliothèque qui avait marqué son enfance, et lire au cours d'une soirée, après un bon repas, des extraits du bêtisier sexuel contenu dans le *Volume spécial* était devenu un amusement qu'elle avait souvent partagé avec Josyane puis avec Jean-Baptiste. Certains épisodes étaient restés gravés dans sa mémoire, autant pour la façon dont ils étaient décrits que pour leur contenu, mais l'article terrible qui dénonçait, déjà à la fin du siècle dernier, la vivisection prétendue scientifique, était celui qui avait le plus impressionné son âme enfantine ; près de quarante ans plus tard, elle se souvenait de l'abominable croquis qui montrait le four dans lequel, selon ce livre, le réputé Claude Bernard « faisait cuire des chiens vivants », et elle était encore capable de réciter par cœur, à la fois révoltée et larmoyante, comment « le professeur Brachet, de Paris, arracha les yeux à son chien, lui détruisit l'organe de l'ouïe et le tortura encore pendant plusieurs mois pour savoir si dans cet état le chien pouvait encore lui lécher les mains ».

Mais elle se rappelait surtout que le *Volume spécial* lui avait été fort précieux car à l'âge de treize ans, elle avait vu arriver son premier écoulement menstruel, en toute sérénité parce qu'elle le guettait, elle l'attendait en confiance depuis près de deux ans grâce aux longs développements de la rubrique « Maladies de la femme », qui expliquait que la première fois que les règles apparaissent, « elles ont un aspect pâle sanguinolent et aqueux ou spumeux. Elles s'éliminent par les organes génitaux externes, mais elles sont d'origine utérine. Pendant le processus menstruel l'utérus est congestionné, sa sécrétion muqueuse a beaucoup augmenté et à travers les plus fins vaisseaux de la muqueuse fuse un sang qui est tantôt plus clair et tantôt plus foncé que le sang veineux ordinaire ».

Un petit dessin de la matrice montrait où cela se situait exactement, et Apolline n'avait donc été étonnée de rien, pas même que sa mère ne lui posât jamais de question à ce sujet car, futée, elle avait lu dans la rubrique « Enfance », sans savoir que les mentalités du corps médical avaient — du moins sur ce point — évolué depuis la rédaction de l'ouvrage, que les éminents médecins étaient partagés sur l'opportunité de parler, « aux enfants en âge », des questions relatives à la sexualité. Elle avait lu aussi qu'il était tellement « difficile d'élever un enfant » qu'elle n'avait pas voulu embarrasser sa mère avec ce petit problème personnel qu'elle se sentait très capable de surmonter. « Pauvre petite maman, pensait-elle déjà avec compassion, elle a tant de mal avec nous ! » Elle a justement repensé à ce livre mercredi soir, après avoir vu au cinéma le nouveau film d'Alan Parker qui ressuscite, en s'inspirant d'un roman de Boyle, le docteur Kellogg, dont le nom devenu si célèbre grâce à une marque de céréales a éclipsé l'existence même du personnage. Apolline s'est étonnée en discutant avec une collègue éprise de diététique « qu'on fasse tout ce tintouin autour des idées de Kellogg, qui n'étaient pas plus originales que ça mais s'inscrivaient dans tout un mouvement de médecine dite naturelle rencontrant alors un grand succès en Allemagne et ayant ses adeptes en France. Fondée sur quelques principes dont certains étaient de bon sens, cette philosophie pouvait hélas rapidement conduire à une conception totalitaire de la santé et du culte du corps, celle des jeunesses hitlériennes par exemple... ».

Aurélia et Nerval l'amènent donc au prénom Gérard, puis — l'association se fait en une fraction de seconde — de Gérard et Nathalie qui l'avaient reconduite chez elle après la partouze de luxe chez Jean-Baptiste. Elle les avait presque oubliés, leurs noms au bas de la carte l'avaient laissée de marbre lorsqu'elle avait dépouillé son courrier, mais à ce brutal retour de mémoire, elle brûle d'impatience de savoir ce qu'ils ont écrit. « Nous bronzons aux Seychelles pendant que vous vous caillez les miches à Paris, mais nous ne chômons pas, nous travaillons dur sur le roman... », dont ils annoncent avoir tiré la trame du quart d'heure de confidences que leur avait offert Apolline. Ils disent joindre un résumé du roman, qu'Apolline trouve en effet dans l'enveloppe, tapé à la machine sur une feuille de papier pelure tellement fine qu'elle était restée pliée à l'intérieur sans qu'elle s'en rendît compte. Cette nouvelle l'intrigue trop pour qu'elle la lise comme ça, debout dans sa cuisine, et elle prépare d'abord un grand bol de chocolat chaud qu'elle se sert, accompagné d'une boîte de gâteaux à la mandarine, dans la grande pièce du rez-de-chaussée où elle se dévêt pour se sentir l'esprit parfaitement disponible. Allongée sur le canapé telle une *Maja desnuda* dont les formes auraient été revues par Fernando Botero,

(mais quelquefois elle se voit autrement, dans le harem voluptueux de Jean-Léon Gérôme, ou en *Odalisque se reposant*, en *Olympia*, en *Vénus d'Ur-*

bino, bien sûr toujours plus grosse que ses références picturales, elle ne triche pas là-dessus), le bol fumant à portée de sa main gauche, elle éclate de rire dès la première ligne. Elle a en effet inspiré au couple de romanciers une Émilie de vingt ans frappée d'anorexie mentale, grande bringue pesant à peine quarante kilos. Elle est en conflit avec une mère très belle, très féminine

(Apolline lui prête aussitôt le physique avantageux et sensuel d'Anita Ekberg dans *La dolce vita*) qui l'a eue d'un homme riche et déjà âgé. Ce père, elle ne l'a jamais connu et il demeure un mystère que le roman a pour mission de dévoiler peu à peu, à mesure que se développent la connivence du lecteur à l'égard d'Émilie, sa compassion pour les souffrances morales qu'elle endure dans sa relation à sa mère et à soi. Apolline ingurgite une gorgée de chocolat et manque de renverser le bol sur sa peau laiteuse au moment où la jeune fille découvre que sa mère, dégoûtée du corps de son mari affaibli et desséché par la maladie, l'a aidé à mourir avec la complicité du médecin dont elle était la maîtresse et qui était le véritable géniteur. Prise entre le désir de se suicider par un acte définitif et celui d'assassiner sa mère sur-le-champ, Émilie choisit d'abord de se taire et, soudain envahie d'un puissant instinct vital, elle recouvre l'appétit et la santé. Gérard et Nathalie ne savent pas encore s'ils s'en tiendront là ou s'ils inventeront un autre final, et s'inquiètent, avec semble-t-il le plus grand sérieux, à l'idée que «le sujet soit trop provocant» et irrite le rédacteur en chef de la revue dans laquelle ils ont l'intention de publier leur roman-feuilleton. En cas de refus, concluent-ils, ils le proposeront à un éditeur, ... et « à la grâce de Dieu ! ».

L'imagination des deux romanciers laisse Apolline dans un trouble profond, car elle ne peut évidemment pas occulter le lien qui s'est créé entre elle-même et cette Émilie romanesque dont le personnage n'a germé dans leur tête que grâce aux révélations qu'elle leur a lâchées dans la voiture, avec générosité et sans arrière-pensée, sans supposer un seul instant que ces lambeaux d'autobiographie, qu'elle juge si peu dignes d'intérêt tant elle vit avec eux en permanence, allaient susciter l'éclosion de cette extravagante et très déplaisante histoire, qui lui impose désormais de considérer la mort de son père, aussi absurdes qu'elle juge les conséquences du raisonnement, à la lumière de l'invraisemblable hypothèse selon quoi il aurait été assassiné par madame Desmoulins et le docteur Denis, duquel

(rien n'empêche de divaguer encore plus loin)

Antoine et elle seraient les enfants adultérins ! Elle se lève et se verse, fait rarissime quand elle est seule, un verre de scotch bien tassé

(elle a d'abord préféré le whiskey irlandais, mais depuis que Jean-Baptiste lui a appris à l'apprécier, elle est fidèle au whisky des îles, à ces *single malts* d'Islay ou de Skye qui déposent dans la bouche un goût, fort et tenace, de tourbe, d'iode et même de poivre),

puis elle erre dans la maison en retournant dans

tous les sens l'horreur d'un tel scénario qui jamais, au grand jamais ne lui avait effleuré l'esprit, en dépit de tous les griefs qu'elle porte à sa mère. Elle navigue entre la colère et l'accablement, entre le refus péremptoire et les affres du doute, et elle a envie de faire partager ses sentiments à quelqu'un, « pas à Édouard, non, laissons-le tranquille avec ces histoires, mais je pourrais téléphoner à Jean-Baptiste, après tout il les connaît, lui, ces pilleurs de confidences, et j'ai bien dû lui raconter assez de choses sur moi pour qu'il ne soit pas en terrain étranger ».

Elle s'apprête à composer le numéro mais se ravise. Non, elle ne va pas non plus déranger Jean-Baptiste, trop bouleversé par l'état de santé de Sergio. Après la soirée chocolat, elle était restée sans nouvelles de lui mais ne s'était pas inquiétée car Jean-Baptiste a l'habitude de partir en voyage à l'étranger dès le lendemain de chaque fête, de s'éclipser quelque temps et de téléphoner à son retour. Cette fois, elle avait trouvé que c'était un peu long et elle a fini par téléphoner hier pour apprendre qu'il était revenu depuis presque une semaine parce que Sergio, qu'il avait emmené avec lui, avait soudain été pris d'une violente fièvre. À la Salpêtrière, on a été formel : c'est le sida.

— Il m'avait dit qu'il prenait des précautions, a hurlé Apolline. Il me l'avait dit !

— Il n'en a pas toujours pris à l'époque où toi tu voyais juste, a répondu Jean-Baptiste, effondré. Il n'y croyait pas. Il disait que tout ça, c'était de l'intoxication pour nous empêcher de baiser tranquilles.

— Je m'en fous de ses conneries, a-t-elle lancé sans indulgence, méchamment. Et toi? C'est toi qui m'intéresse...

— Ne t'en fais pas pour moi, je vais bien. Sergio savait qu'il était séropositif dès l'apparition du test de dépistage et il me l'a dit aussitôt. Il s'était habitué à cet état d'attente, et plus les années passaient, plus on espérait, plus on était persuadés que, comme rien ne se déclenchait, le virus l'avait oublié. De toute façon, si ça peut répondre aux questions que tu te poses, je n'ai jamais couché avec lui, même avant de savoir ça. Mais ta réaction me déçoit. Il t'aime bien Sergio, je ne comprends pas que tu sois aussi dure.

Il avait cependant accepté ses excuses, convaincu que l'affolement d'Apolline à l'idée que lui, Jean-Baptiste, pût être malade avait altéré son jugement.

Elle monte s'habiller dans sa chambre encombrée de cartons qu'elle a commencé à remplir, à temps perdu, de vidéocassettes qu'elle ne regardera plus et de livres qu'elle n'ouvrira plus, qu'elle compte par centaines. Elle les vendra, comme elle vendra aussi quelques meubles pour libérer de l'espace. Elle a soif d'espace, de plus en plus, surtout s'il est inutile, gratuit. Elle a décidé d'entreprendre des transformations dès le printemps prochain, faire casser des cloisons, ouvrir de moitié le plafond de la grande pièce du bas et créer un volume vers le haut, englober là-dedans la cage d'escalier qui sera ouverte sur cet espace nouveau et aboutira sur une sorte de mezzanine. Bordée d'une balustrade, celle-ci dominera le salon-salle à manger et distribuera les entrées dans les pièces de l'étage, qui ne seront plus que deux au lieu de trois à cause de la destruction d'une partie du plafond. Apolline préfère cette solution à un déménagement parce que même en sacrifiant une pièce, elle garde une surface habitable bien supérieure à celle d'un appartement moderne de quatre pièces.

Elle pense à cet incessant écartèlement qu'il faut vivre chaque jour entre les instants de bonheur et les misères, les vérités et les mensonges, l'intransigeance et la compromission, le rire et les larmes, la possession et le dépouillement, l'amour et l'indifférence ; elle sourit à cette liste facile qui lui arrive comme ça, elle ne sait pas pourquoi les idées intimes s'enchaînent souvent sans raison apparente, comment la pensée peut ainsi sauter de l'une à l'autre à la manière — elle se rappelle le gros garçon de Lyon et son *desultor amoris* — d'un désulteur romain bondissant en un rien de temps d'un cheval sur un autre avec une habileté diabolique, comme elle ne sait toujours pas quel déclic a changé son comportement et, en cascade, sa vie tout entière depuis trois mois.

Elle a l'impression de ne plus se connaître, de découvrir sa vie avec un regard tellement différent qu'elle voit désormais une autre Apolline, un autre passé. Elle se sentirait capable d'exiger enfin de sa mère des explications, une entrevue à trois avec le docteur Denis, le père d'Antoine peut-être, et le sien aussi, pourquoi pas ? Elle s'imagine campée face aux deux vieilles personnes qui l'ont tant meurtrie, les regardant droit dans les yeux, leur faisant payer tout ce qu'elle a sur le cœur, les poussant

(s'il le faut en usant d'une violence jouissive, implacable, vengeresse et drapée dans la certitude de la légitimité, comme dans ces moments d'histoire où l'exaltation au service de quelque dogme ou autre bonne cause expédie la justice en assassinant le droit)

à quelque aveu sordide qu'elle est pressée d'entendre de leur bouche.

Elle pressent dans un éclair de folle excitation qu'elle est capable de torture et de meurtre, et n'en semble pas effrayée. Elle marche maintenant dans sa rue d'un pas vif, comme poussée, ou plutôt aspirée par une force invisible. Elle ne se rend pas compte de ce parcours qu'elle connaît par cœur : le moulin d'Ivry tel une relique, le pont sur le périphérique, la station d'essence. Des milliers d'images et de mots se catapultent dans sa tête, qui semblent la porter sans effort jusqu'à la station de taxis de la Porte d'Ivry.

— Place Daumesnil, s'il vous plaît.

Dans le taxi, une phrase lui revient qu'elle a lue dans un roman anglais il y a quelques mois et notée dans son carnet : « La mémoire est un acte de volonté ; l'oubli également. » Le titre lui échappe, elle croit un instant qu'il s'agit d'un livre de Julian Barnes, mais tout va trop vite dans son esprit pour qu'elle s'attarde sur ce détail qui l'aurait en d'autres circonstances agacée au point de mobiliser toute son énergie jusqu'à la solution de l'énigme. Arrivée à destination, elle n'attend pas la monnaie et claque la portière avec autorité. Elle a déjà tiré les clés de son sac, pousse la porte cochère, entre dans le sas, ouvre la grande porte vitrée, délaisse l'ascenseur et monte d'un pas ferme jusqu'au premier étage. Si sa mère est chez elle, le verrou n'est pas tiré à cette heure-ci

(madame Desmoulins ne vérifie toutes les fermetures qu'avant de se coucher)

et en effet Apolline n'a qu'un tour de clé à donner pour entrebâiller la porte de l'appartement avec la dextérité et le silence d'un cambrioleur. Une odeur de chocolat chaud envahit ses narines et elle s'arrête net en prêtant l'oreille. Elle reconnaît la voix du docteur Denis qui fait la conversation à madame Desmoulins dans le salon. Apolline reste immobile, les pieds pris dans la moquette du couloir comme dans un bac de ciment

(elle pense à une scène dans un film de Laurel et Hardy et sourit malgré elle).

— Tu es là, ma fille? dit madame Desmoulins comme si elle avait senti sa présence sans même quitter le salon. Tu tombes à pic, je viens de faire du chocolat.

— Je déteste le chocolat! Je hais le chocolat! Son goût, son odeur, son nom me font horreur.

Elle a hurlé cela dans un long cri qui ressemble à une plainte et remonte des tréfonds enfouis de son passé connu et inconnu, de son intime nuit des temps.

DU MÊME AUTEUR

Au Mercure de France

LES CAHIERS D'INGRID, *1999*
LE TUNNEL SOUS LA MANCHE, *1997*
LE CHOCOLAT D'APOLLINE, *1995*

Chez d'autres éditeurs

LA CARTHAGINOISE, *1992, F. Bourin-Julliard*
MOI, HANNIBAL, *1990, Casterman*

Composition Bussière
Impression Bussière Camedan Imprimeries
à Saint-Amand (Cher), le 20 juin 2001.
Dépôt légal : juin 2001.
Numéro d'imprimeur : 12710-012176/1.
ISBN 2-07-041899-5./Imprimé en France.

1262